自然懂的

英文文法

一步步跟著學！

P 作者序

對於很多人來說，英文學習永遠都像是一鍋燒不開的水，耗費十幾年的時間與金錢，通常只是為了考試時選出4個選項裡的正確答案，或填對一題克漏字，卻不代表有能力寫出或說出一個完整、正確的句子。

面對這樣的事實，我們有沒有仔細想過，英文學習的瓶頸究竟在哪裡？傳統的英文教材以及強調全英文的教學模式，如果無法有效將學習成果延伸到日常生活中使用，這樣的教學模式是否真的適合非英語系環境的學習者？

另外，大部分英文教材都有一個共同的問題：每一個單元之間的關聯性很低，學生學過的單字和文法很少可以延續到下一課程。學生往往學過就忘記，每一單元的學習都像是不斷重新煮一鍋水，永遠也煮不開，即使後面加的料再豐富（辛苦地背單字及學習文法），也很難煮成一鍋美味的濃湯。

　　筆者認為前後連貫的學習內容以及運用先前所學的基礎層層積累，不斷地造句翻譯練習，對於身處非英語系環境的學習者來說，尤其重要。平時沒太多機會講英文，所學的內容主要用來應付考試，這樣的英文學習不僅片斷零碎，成效更是短暫。

　　市面上其實不乏寫得很完整的文法與句構教材，但對初學者來說，最大的問題不是不瞭解這些文法、句構，而是不知道如何使用，也不知道如何從練習中漸漸學會整合這些文法、單字、句型來造出一個正確的句子，進而產生敢說英文的自信。就如同我們走進建材行，看了許多工具零件的介紹，也都知道它們的用途，但若沒有人從最簡單的釘釘子、鋸木板慢慢開始教我們練習最基本蓋房子的技巧，我想即使擁有所有的工具零件，我們還是無法整合這些工具來蓋房子。

　　這本書其實就像是學習英文的「操作手冊」。藉由大量的中文（母語）說明，清楚解釋中英文語法的差異，也能降低初學者學習英文時的恐懼感。再加上前後連貫的內容編排，學新的內容同時不斷地複習學過的內容。如此層層積累，環環相扣，當然會比死記硬背一堆不會使用的文法句構來的有效。

　　藉由中文的解釋與不斷的中譯英造句練習，學習者能將英文的語法「內化」，並有效形成長期的記憶。這也完全符合許多學者所宣導「先學好母語，再學英語」的教育理念，最後達到「只要會中文，就能短時間學會英文」的終極目標。

　　對許多不需要考試的社會人士來說，若能順利講出一小句簡單的英語，就能大大拉近與世界的距離。因此謹以此書獻給許多學習英文很久，卻缺乏信心的讀者。如果你身處英語教學資源短缺的地區，或者想自己指導孩子學習英語，那麼選擇這本書吧！它能幫你在短時間內，透過中文快速學會英文。

（本書部分內文來自捷徑文化出版事業有限公司）

使用說明
User's Guide

① 每一課的文法重點都以一個典型的句子開始，簡單直接，以點帶面，一眼就能了解本課內容。

Lesson 3

形容詞的用法
You are a short boy.
你是個矮個子的男孩。

Lesson 3

形容詞的用法
You are a short boy.
你是個矮個子的男孩。

英文和中文，哪裡不一樣？

short 是「矮的」意思，在這裡用來形容男孩的身高；short 是個形容詞；形容詞的功能，主要是用來形容人或事物的外觀或狀態，讓人更清楚句子要表達的意思。

文法重點　形容詞通常放在名詞的前面，用來描述「名詞」的外觀或狀態

形容詞　╳　動詞　be 動詞　形容詞

② 從了解兩種語言的差異切入，既可避免中式英語的錯誤又可以強化對英文的了解，做到知己知彼。

英文和中文，哪裡不一樣？

short 是「矮的」意思，在這裡用來形容男孩的身高；short 是個形容詞；形容詞的功能，主要是用來形容人或事物的外觀或狀態，讓人更清楚句子要表達的意思。

③ 「重點分析」顯著標示重點與難題，並以簡潔、明確、清析的條列方式呈現，以及可愛的插畫、淺顯的文字全方位闡述。

Lesson 18 過去進行式的用法

重點分析②

時間副詞本身在文法結構上就是「介系詞＋時間名詞」的概念，所以不需要再加介系詞 at / in / on，如同地方副詞 here / there / home，等，前面也不用加 at / in / on to，另外要注意的是，當句子裡面同時存在「小時間」和「大時間」時，要先寫「小時間」，再寫「大時間」。

【現在進行式、過去簡單式、過去進行式的使用情境比較】

現在進行式
I am sleeping.　　　　　我正在睡！

過去簡單式
I slept.　　　　　我睡過了！

過去進行式
I was sleeping.　　　　我之前在睡（但現在沒睡了）

例句分析 1
昨天下午 3 點他正在睡覺。
・中文：昨天下午 3 點他正在睡覺。
・英文：他正在睡覺＋在 3 點＋昨天下午
＝He was sleeping at three o'clock yesterday afternoon.（○）
（時間副詞 yesterday afternoon 表示「在昨天下午」，所以前面不需要加介系詞 in，at 後面要接「精準時間」，因此「3 點」＝ at three o'clock。）

常見錯誤
He is sleeping yesterday afternoon at three o'clock.（╳）
過去進行式裡要用 was sleeping，同時存在「小時間」和「大時間」時，要先寫「小時間」，再寫「大時間」。

【現在進行式、過去簡單式、過去進行式的使用情境比較】

現在進行式
I am sleeping.　　　　　我正在睡！

過去簡單式
I slept.　　　　　我睡過了！

過去進行式
I was sleeping.　　　　我之前在睡（但現在在醒了！）

④ 「例句分析」採用中英一一拆解分別對照的形式，從細微處展現中、英文文法上的差異。讓您的母語成為英語學習的得力助手。

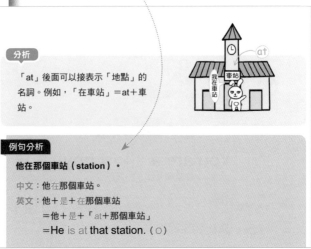

分析

「at」後面可以接表示「地點」的名詞。例如，「在車站」＝at＋車站。

例句分析

他在那個車站（station）。

中文：他在那個車站。
英文：他＋是＋在那個車站
　　　＝他＋是＋「at＋那個車站」
　　　＝He is at that station.（○）

⑤ 「常見錯誤」將容易犯錯的內容整理出來，是自我檢視的最佳工具。

常見錯誤

He at that station.（X）
在這個中文句子中，不會有「是」的字眼，但翻成英文後，沒有「is」的話，句子就失去了動詞。英文句子一定要有動詞，所以不能沒有「is」！

⑥ 每一個文法要點都有相對應的練習題，學完之後馬上練，將文法難題一網打盡！

馬上試試看② >>>

　　除了用在人身上的人稱代名詞，還有一種代名詞叫指示代名詞，要看清楚題目的變化來作答！

1. 它是一顆蘋果（an apple）。

_____

2. 這是一顆蘋果。

_____

3. 那是一顆蘋果。

_____

4. 它是一架飛機（an airplane）。

_____

5. 這是一架飛機。

_____

6. 那是一架飛機。

_____

C ontents 目錄

只要會中文，就能和英文重修舊好！

59堂課後你也能變身**文法小達人**！

Lesson 1

單數代名詞及 a / an 的用法

I am a girl.
我是（一個）女孩。

英文和中文，哪裡不一樣？

1. 英文句子裡，開頭第一個字母一定要大寫，句尾和中文一樣都要加上句點(.)。

2. 中文和英文最大的差別在於中文可以省略「一個」。例如，「我是女孩」，但英文一定要說「I am a girl.」，這點要請大家特別注意喔！

 I am a girl. 我是（一個）女孩。

重點分析①

英文句子裡面必須包含幾個重要的元素。

1. 開頭第一個字的首字母一定要大寫。

2. 句尾要加上句點（.）。

3. 句中一定要有動詞，如「我是」的「是」，在英文裡是動詞的一種。

4. 英文必須有「一個 ＝a」的概念，不能像中文一樣省略。

重點分析②

代名詞 I 代名詞是「我」的意思。代名詞的功能主要是用來代替名詞；例如，用「I」來代替自己的名字。

名詞 girl 是「女孩」的意思。名詞大多用來代表「人」或「事物」的名稱。例如，boy（男孩）、book（書本）、pencil（鉛筆）都是名詞。

重點分析③

動詞 am＝「是」的意思；am 在英文裡是動詞的一種，屬於 be 動詞（後面會說明），因此「我是」＝I am。

注意 1

be 動詞，有以下 3 種，中文都代表「是」的意思。

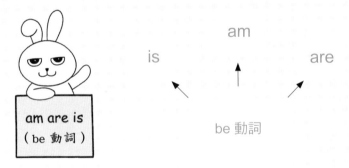

注意 2

初學者要先認識幾個常用的代名詞（你、我、他），再瞭解必須一起搭配的 be 動詞。

我	你	他	她
I	you	he	she
我 是	你 是	他 是	她 是
I am	you are	he is	she is

它	這個	那個
it	this	that
它 是	這個 是	那個 是
it is	this is	that is

你是男孩。

中文：你是（一個）男孩。

英文：你＋是＋一個＋男孩

　　＝You are a boy.（○）

常見錯誤

you are boy.（X）

句子第一個字的首字母一定要大寫；中文可以省略「一個」，但英文不能省略「a/an」！

注意 3

中文常會為了配合不同的名詞而使用不同的單位。例如，「一本書、一隻狗、一位醫生……」，但英文只要是「一個」的概念，都用「a/an」來表示喔！

馬上試試看① ▶▶▶

還記得前面那個身上有 3 個 be 動詞的可愛小兔子嗎？寫答案的時候記得把不同的代名詞配上正確的 be 動詞，不然牠會哭！

1. 我是（一個）男孩（**boy**）。

_____

2. 你是（一位）老師（**teacher**）。

_____

3. 他是（一個）學生（**student**）。

_____

4. 她是（一位）醫生（**doctor**）。

_____

5. 它是（一本）書（book）。

_____

6. 牠是（一隻）狗（dog）。

_____

7. 這是（一張）椅子（chair）。

_____

8. 那是一輛車（car）。

_____

 當遇到開頭是發「母音音標」（[a]、[e]、[i]、[o]、[u]⋯等）的單字，要用 an 取代 a。

重點分析

　　英文裡，如果單數可數名詞的開頭字母發音是 [a]、[e]、[i]、[o]、[u] ⋯等「母音音標」的話，要用 an 來取代 a。

an apple　一個蘋果	an airplane　一架飛機
It is an apple. 它是一個蘋果。	That is an airplane. 那是一架飛機。

例句分析

那是蘋果。

中文：那是（一個）蘋果。

英文：那個＋是＋一個＋蘋果

　　　＝That is an apple.（○）

That is a apple.（X）

apple 的開頭發音是母音 [æ]，因此要用 an 來取代 a！

馬上試試看② >>>

除了用在人身上的人稱代名詞，還有一種代名詞叫指示代名詞，要看清楚題目的變化來作答！

1. 它是一顆蘋果（an apple）。

_____

2. 這是一顆蘋果。

_____

3. 那是一顆蘋果。

_____

4. 它是一架飛機（an airplane）。

_____

5. 這是一架飛機。

_____

6. 那是一架飛機。

_____

 參考答案

馬上試試看①

1. I am a boy.
2. You are a teacher.
3. He is a student.
4. She is a doctor.
5. It is a book.
6. It is a dog.
7. This is a chair.
8. That is a car.

馬上試試看②

1. It is an apple.
2. This is an apple.
3. That is an apple.
4. It is an airplane.
5. This is an airplane.
6. That is an airplane.

Lesson 2

複數代名詞及複數名詞的用法

We are girls.

我們是女孩。

英文和中文，哪裡不一樣？

在英文裡，「我們」、「你們」、「他們」都代表兩個或兩個人以上，有別於第一課所學到的「單數代名詞」（「你、我、他」），因此要搭配的「是」就要從「is」改成「are」了。另外要特別注意的是，名詞也是必須配合複數的概念，字尾通常要加上 -s 或 -es，來表示有兩個或以上！

「我們是」＝We are
「我們」必須和 are 來配合；girl 要變成複數，字尾要加上 -s，變成 girls。

重點分析①

常用的複數代名詞如「我們」、「你們」、「他們」、「這些」、「那些」，一定要搭配「are」使用，不可以用「is」。

我們	你們	他們	這些 1	那些
we	you	they	these	those
我們 是	你們 是	他們 是	這些 是	那些 是
we are	you are	they are	these are	those are

重點分析②

大部分複數名詞後面要加 -s 或 -es，表示數目為兩個或以上，不過有些名詞有特殊規則，例如字尾已經是 -s，那就必須再加上 -es；字尾是 -y 就要去 y 改成 -ies；字尾是 -f 或 -fe，要去 f、fe 改成 -ves。

注意

另外有少數名詞的複數形寫法，不是按照上面規則，要特別注意！字尾 -y 的前面字母若是母音，只需要加 -s，要特別注意！

規則變化		不規則變化	
boy 男孩	monkey 猴子	you 你	man 男人
boys 男孩們	monkeys 猴子們	you 你們	men 男人們

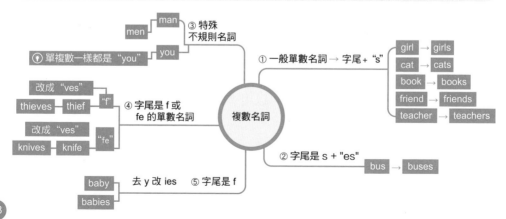

重點分析③

名詞的數目有兩個或兩個以上，就不能再寫「一個」（a）。

例句分析

我們是老師。

中文：我們是老師。
英文：我們＋are＋老師們
　　　＝We are teachers.（○）

常見錯誤

We are a teacher.（✗）
We 代表兩個或以上，所以就不能再寫 a，後面的名詞「老師」也要改成複數 teachers！

馬上試試看 ≫≫≫

咦，怎麼多了一個？原來兩個及以上的人或物就要用複數形！不僅如此，連 be 動詞都要一起變化！

1. 我們是女孩（girls）。

2. 我們是醫生（doctors）。

3. 你們是男孩（boys）。

4. 你們是農夫（farmers）。

5. 他們是學生（students）。

6. 他們是小偷（thieves）。

7. 這些是狗（**dogs**）。

_____

8. 這些是貓（**cats**）。

_____

9. 那些是公車（**buses**）。

_____

10. 那些是小刀（**knives**）。

_____

 參考答案

馬上試試看

1. We are girls.

2. We are doctors.

3. You are boys.

4. You are farmers.

5. They are students.

6. They are thieves.

7. These are dogs.

8. These are cats.

9. Those are buses.

10. Those are knives.

Lesson 3

形容詞的用法

You are a short boy.
你是個矮個子的男孩。

英文和中文，哪裡不一樣？

short 是「矮的」意思，在這裡用來形容男孩的身高；short 是個形容詞；形容詞的功能，主要是用來形容人或事物的外觀或狀態，讓人更清楚句子要表達的意思。

 形容詞通常放在名詞的前面，用來描述「名詞」的外觀或狀態。

別靠過來！

形容詞 ✗ 動詞 be 動詞 形容詞

重點分析①

形容詞的功能：主要用來形容人或事物的外觀或狀態；中文常用「……的」來表示。例如，tall（高的）、short（矮的）、fat（胖的）、thin（瘦的）、big（大的）、small（小的）…等。

例句分析

牠是一隻胖狗。

中文：牠是一隻胖狗。

英文：牠＋是＋一隻＋肥胖的＋狗

＝It is a fat dog.（○）

常見錯誤

It is fat dog.（X）

中文可以省掉「一隻」，英文不能省略 a！

例句分析

他們是聰明的學生。

中文：他們是聰明的學生。

英文：他們＋是＋聰明的＋學生們

＝They are smart students.（○）

常見錯誤

They are a smart student.（X）

They 代表兩個或以上，所以就不能再寫 a，後面的名詞「學生」也要改成複數的 students！

馬上試試看①　≫≫

形容詞是不是很好用啊？別忘了把它們放在句子裡正確的位置上！

1. 你是一個矮的（short）男孩。

_____

2. 我是一位高的（tall）老師。

_____

3. 他是一個胖的（fat）學生。

_____

4. 她是一位瘦的（thin）醫生。

_____

5. 它是一本好（good）書。

_____

6. 牠是一隻聰明的（smart）狗。

_____

7. 這是一張新的（new）椅子。

_____

8. 那是一輛大的（big）車子。

_____

9. 它是一顆蘋果。

_____

10. 這是一顆小的（small）蘋果。

_____

11. 那是一顆大的（big）蘋果。

_____

12. 它是一架飛機。

_____

13. 這是一架藍色的（**blue**）飛機。

_____

14. 那是一架漂亮的（**beautiful**）飛機。

_____

15. 我們是快樂的（**happy**）女孩。

_____

16. 我們是忙碌的（**busy**）醫生。

_____

17. 你們是強壯的（**strong**）男孩。

_____

18. 你們是懶惰的（**lazy**）農夫。

_____

19. 他們是愚笨的（**stupid**）學生。

_____

20. 這些是骯髒的（**dirty**）狗。

_____

21. 這些是乾淨的（**clean**）貓。

_____

22. 那些是白色的（**white**）公車。

_____

23. 那些是舊的（**old**）小刀。

_____

重點分析②

this、that、these、those 除了作代名詞，也可以有以下形容詞的用法。

說明　矮個子的**男孩**＝short boy

這個**男孩**＝this boy（this 的形容詞用法）

那個**男孩**＝that boy（that 的形容詞用法）

這些**男孩**＝these boys（these 的形容詞用法）

那些男孩＝those boys（those 的形容詞用法）

例句分析

那個男孩是高的。

中文：那個男孩**是**高的。

英文：那個男孩＋是＋高的

＝That boy is tall.（○）

常見錯誤

That a boy is tall.（✕）

「那個男孩」已經取代「一個男孩」，所以就不能再寫 a！

馬上試試看② ▶▶▶

指示代名詞真好用，既可以當代名詞也可以當形容詞！

1. 這個女孩是快樂的。

_____

2. 這位醫生是忙碌的。

_____

3. 那隻狗是乾淨的。

_____

4. 那隻貓是髒的。

_____

5. 這些書是好的。

_____

6. 這些椅子是壞的。

_____

7. 那些公車是白色的。

_____

8. 那些樹（**trees**）是綠色的（**green**）。

_____

馬上試試看①

1. You are a short boy.

2. I am a tall teacher.

3. He is a fat student.

4. She is a thin doctor.

5. It is a good book.

6. It is a smart dog.

7. This is a new chair.

8. That is a big car.

9. It is an apple.

10. This is a small apple.

（an 與 apple 中間加入開頭不是母音的 small，an 必須變成 a）

11. That is a big apple.

（an 與 apple 中間加入開頭不是母音的 big，an 必須變成 a）

12. It is an airplane.

13. This is a blue airplane.

（an 與 airplane 中間加入開頭不是母音的 blue，an 必須變成 a）

14. That is a beautiful airplane.

（an 與 airplane 中間加入開頭不是母音的 beautiful，an 必須變成 a）

15. We are happy girls.

16. We are busy doctors.

17. You are strong boys.

18. You are lazy farmers.

19. They are stupid students.

20. These are dirty dogs.

21. These are clean cats.

22. Those are white buses.

23. Those are old knives.

馬上試試看②

1. This girl is happy.

2. This doctor is busy.

3. That dog is clean.

4. That cat is dirty.

5. These books are good.

6. These chairs are bad.

7. Those buses are white.

8. Those trees are green.

Lesson 4

一般疑問句的用法

Is she a good doctor?

她是一位好醫生嗎？

英文和中文，哪裡不一樣？

中文的疑問句只要在句尾加上「嗎」以及問號（？）就完成了，但英文的疑問句必須將 be 動詞（或助動詞）移到句首。另外疑問句的語氣中英文都一樣，句尾的語調必須上揚，來表達疑問的語氣。

 必學重點　疑問句必須將 be 動詞（或助動詞）移到句首，才能形成疑問句。疑問句句尾的語調必須上揚，表示疑問語氣。

重點分析

疑問句主要用來表示疑問的語氣，而形成疑問句的方法，只要將 be 動詞的 am / are / is 從句中移至句首就可以了。另外，疑問句的語調和中文的「嗎」一樣，句尾語調必須上揚來表達疑問的語氣。

初學步驟：先想肯定句，再變成疑問句。

例句分析

她是一位醫生嗎？

Step 1 先想肯定句

中文：她是一位醫生。

英文：She is a doctor.

Step 2 再變成疑問句

中文：她是一位醫生嗎？

英文：Is she a doctor?（○）

（將 is 從句中移至句首，且句尾標點改成問號（？），變成疑問句，注意句尾語調必須上揚。）

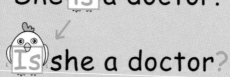

常見錯誤

Is she is a doctor?（✗）

is 已經從句中移到句首變成疑問句，所以句中不能再寫 is。

馬上試試看 ▶▶▶

趕快回想一般疑問句的口訣：先想肯定句，再變疑問句。是不是很簡單呢？

1. 你是忙碌的。

2. 你是忙碌的嗎?

_____

3. 她是矮的。

_____

4. 她是矮的嗎?

_____

5. 我是高的。

_____

6. 我是高的嗎?

_____

7. 這是一本書。

_____

8. 這是一本書嗎?

_____

9. 他是一個高個子男孩。

_____

10. 他是一個高個子男孩嗎?

_____

11. 他是一位聰明的老師。

_____

12. 他是一位聰明的老師嗎?

_____

13. 那是一隻好狗。

_____

14. 那是一隻好狗嗎?

_____

15. 這隻狗是聰明的。

_____

16. 這隻狗是聰明的嗎?

_____

馬上試試看

1. You are busy. （先想肯定句）

2. Are you busy? （再變成疑問句）

3. She is short.

4. Is she short?

5. I am tall.

6. Am I tall? （I 無論在句子何處，永遠都要大寫）

7. This is a book.

8. Is this a book?

9. He is a tall boy.

10. Is he a tall boy?

11. He is a smart teacher.

12. Is he a smart teacher?

13. That is a good dog.

14. Is that a good dog?

15. This dog is smart.

16. Is this dog smart?

Lesson **5**

Yes 的用法

Yes, she is a good doctor.

是的，她是一位好醫生。

英文和中文，哪裡不一樣？

Yes 的意思為「是的」，主要放在句首，用來回答表示「同意或肯定」的意思。

 Yes 常放在句首，用於回答表示「同意或肯定」；Yes 後面要加逗號。

例句分析

她是一位好醫生嗎？
是的，她是一位好醫生。

中文：她是一位好醫生嗎？
英文：Is she a good doctor？（○）
中文：是的，她是一位好醫生
英文：Yes, she is a good doctor.（○）

Yes she is a good doctor.（X）

Yes 後面要加逗號！

> **用 Yes 回答問題的步驟**

1. 把 Is 搬到主詞後面。
   Is She is a good doctor?

2. 把問號改成句號。
   she is a good doctor.

3. 在前面加上 Yes 及逗號。
   Yes, she is a good doctor.

只要 3 個步驟

馬上試試看

只要 3 個步驟就能用 yes 回答別人的問題了，自己動手寫寫看吧！

1. 這是一本好書。
   _____

2. 這是一本好書嗎？
   _____

3. 是的，它是。
   _____

4. 是的，它是一本好書。
   _____

5. 那隻狗是聰明的。
   _____

6. 那隻狗是聰明的嗎？
   _____

7. 是的，牠是。

___

8. 是的，牠是聰明的。

___

9. 她是一位好醫生。

___

10. 她是一位好醫生嗎？

___

11. 是的，她是。

___

12. 是的，她是一位好醫生。

___

13. 那位醫生是忙碌的。

___

14. 那位醫生是忙碌的嗎？

___

15. 是的，他是。

___

16. 是的，他是忙碌的。

___

17. 那位個子高的老師是胖的。

___

18. 那位個子高的老師是胖的嗎？

___

19. 是的，他是。

___

20. 是的，他是胖的。

___

馬上試試看

1. This is a good book.

2. Is this a good book?

3. Yes, it is.

4. Yes, it is a good book.

5. That dog is smart.

6. Is that dog smart?

7. Yes, it is.

8. Yes, it is smart.

9. She is a good doctor.

10. Is she a good doctor?

11. Yes, she is.

12. Yes, she is a good doctor.

13. That doctor is busy.

14. Is that doctor busy?

15. Yes, he is.

16. Yes, he is busy.

17. That tall teacher is fat.

18. Is that tall teacher fat?

19. Yes, he is.

20. Yes, he is fat.

Lesson 6

No 的用法

No, she is not a good doctor.
不，她不是一位好醫生。

英文和中文，哪裡不一樣？

　　no 的意思是「不」，主要置於句首，用來回答他人的疑問，表示否定的意思。而在英文句中的「不」，也很常見「not」。不過要特別注意的是，中文會講「不是」，但英文卻講成「是不」，用「be 動詞＋not」表示。

 no 置於句首，用來表示否定的回答；not 通常用於句中，表示「不」的意思。
中文講「不是」；英文要講「是不」。

例句分析

她是一位好醫生嗎？
不，她不是一位好醫生。

中文：她是一位好醫生嗎？
英文：Is she a good doctor?（○）

中文：不，她不是一位好醫生。

英文：不，她「是不」一位好醫生。

= No, she is not a good doctor.（○）

常見錯誤

No she not is a good doctor.（╳）

No 和 Yes 一樣，後面要加逗號，英文裡「不是」，要講成「是不」= is not！

▶ 用 No 回答問題的步驟

1. 把 Is 搬到主詞後面。
   Is She is a good doctor?

2. 把問號改成句號。
   she is a good doctor.

3. 在 is 後面加上 not。
   she is not a good doctor.

4. 句子前面加上 No 及逗號。
   No, she is not a good doctor.

說「不」比較難，
所以要 4 個步驟！

注意

代名詞與 be 動詞，形成「不是」的寫法：

我 不是 我「是不」	你 不是 你「是不」	他 不是 他「是不」	它 不是 它「是不」
I am not	you are not	he is not	it is not
這個 不是 這個「是不」	那個 不是 那個「是不」	這些 不是 這些「是不」	那些 不是 那些「是不」
this is not	that is not	these are not	those are not

馬上試試看 >>>

「說不」是一種藝術,但用英文就沒有那麼深奧啦!只要把 no 和 not 放在正確的位置就好!

1. 你是快樂的。

_____

2. 你不是快樂的。

_____

3. 那張書桌(**desk**)是小的。

_____

4. 那張書桌不是小的 。

_____

5. 你是胖的。

_____

6. 你是胖的嗎?

_____

7. 不,我不是胖的。

_____

8. 這隻狗是髒的。

_____

9. 這隻狗是髒的嗎?

_____

10. 不,牠不是髒的。

_____

11. 那位媽媽(**mother**)是瘦的。

_____

12. 那位媽媽是瘦的嗎?

_____

13. 不,那位媽媽不是瘦的。

_____

14. 這些書是新的。

_____

15. 這些書是新的嗎？

_____

16. 不，這些書不是新的。

_____

17. 那些學生是聰明的。

_____

18. 那些學生是聰明的嗎？

_____

19. 不，那些學生不是聰明的。

_____

 參考答案

馬上試試看

1. You are happy.

2. You are not happy.

3. That desk is small.

4. That desk is not small.

5. You are fat.

6. Are you fat?

7. No, I am not fat.

8. This dog is dirty.

9. Is this dog dirty?

10. No, it is not dirty.

11. That mother is thin.

12. Is that mother thin?

13. No, that mother is not thin.

14. These books are new.

15. Are these books new?

16. No, these books are not new.

17. Those students are smart.

18. Are those students smart?

19. No, those students are not smart.

Lesson 7

人稱代名詞的所有格用法

My father is a teacher.

我的父親是一位老師。

英文和中文，哪裡不一樣？

　　my 的意思是「我的」，後面會接名詞，用「my＋名詞」來明確表示該名詞是屬於「我的」，在英文裡這樣的寫法稱作「所有格」，用來表示名詞的歸屬。

 「人稱代名詞的所有格」用法＝人稱名代詞所有格＋名詞

重點分析

　　人稱代名詞所有格的寫法對照表

我的	你的	他的	她的	它的
my	your	his	her	its

我們的	你們的	他們的
our	your	their

我的學生是高個子的。

中文：我的學生是高個子的。

英文：我的＋學生＋是＋高的

　　　＝My student is tall.（○）

My a student am tall.（✗）

「我的學生」已經取代了「一個學生」，所以不能再寫 a；另外「我的學生」指的是「一個學生」，所以要用 is！

你的朋友們是矮個子的。

中文：你的朋友們是矮個子的。

英文：你的＋朋友們＋是＋矮的

　　　＝Your friends are short.（○）

Your friends is short.（✗）

「你的朋友們」代表个只一位，所以要用 are！

不管是陳述句、疑問句還是回答問題，所有格的後面都要接名詞！

1. 它是我的餐桌。

_____

2. 它是我的餐桌嗎？

_____

3. 是的，它是我的餐桌。

_____

4. 我是你的老師。

_____

5. 我是你的老師嗎？

_____

6. 不，你不是我的老師。

_____

7. 那是他的房子（house）。

_____

8. 那是他的房子嗎？

_____

9. 是的，那是他的房子。

_____

10. 那是她的書桌。

_____

11. 那是她的書桌嗎？

_____

12. 不，那不是她的書桌。

_____

13. 那是我們的書桌。

_____

14. 那是我們的書桌嗎？

_____

15. 是的，那是我們的書桌。

_____

16. 這是他們的狗。

_____

17. 這是他們的狗嗎？

_____

18. 不，這不是他們的狗。

_____

19. 這些是你們的椅子。

_____

20. 這些是你們的椅子嗎？

_____

21. 不，這些不是我們的椅子。

_____

22. 那些是我們的朋友（**friends**）。

_____

23. 那些是我們的朋友嗎？

_____

24. 是的，那些是我們的朋友。

_____

25. 我的學生是高個子的。

_____

26. 我的學生是高個子的嗎？

_____

27. 你的老師是矮個子的。

_____

28. 你的老師是矮個子的嗎？

_____

29. 他的爸爸是快樂的。

_____

30. 他的爸爸是快樂的嗎？

_____

31. 她的妹妹們（**sisters**）是傷心的。

_____

32. 她的妹妹們是傷心的嗎？

_____

33. 牠的耳朵是紅色的。

_____

34. 牠的耳朵是紅色的嗎？

_____

35. 我們的醫生是忙碌的（**busy**）。

_____

36. 我們的醫生是忙碌的嗎？

_____

37. 你們的鋼琴（**piano**）是白色的。

_____

38. 你們的鋼琴是白色的嗎？

_____

39. 他們的司機（**driver**）是懶惰的（**lazy**）。

_____

40. 他們的司機是懶惰的嗎？

_____

 參考答案

馬上試試看

1. It is my table.
2. Is it my table?
3. Yes, it is my table.
4. I am your teacher.
5. Am I your teacher?
6. No, you are not my teacher.
7. That is his house.
8. Is that his house?
9. Yes, that is his house.
10. That is her desk.
11. Is that her desk?
12. No, that is not her desk.
13. That is our desk.
14. Is that our desk?
15. Yes, that is our desk.
16. This is their dog.
17. Is this their dog?
18. No, this is not their dog.
19. These are your chairs.
20. Are these your chairs?

21. No, these are not our chairs.
22. Those are our friends.
23. Are those our friends?
24. Yes, those are our friends.
25. My student is tall.
26. Is my student tall?
27. Your teacher is short.
28. Is your teacher short?
29. His father is happy.
30. Is his father happy?
31. Her sisters are sad.
32. Are her sisters sad?
33. Its ear is red.
34. Is its ear red?
35. Our doctor is busy.
36. Is our doctor busy?
37. Your piano is white.
38. Is your piano white?
39. Their driver is lazy.
40. Is their driver lazy?

Lesson 8

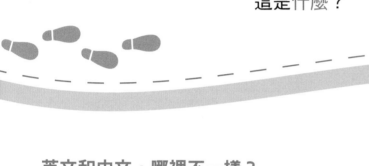

what 疑問句與專有名詞
What is this?
這是什麼？

英文和中文，哪裡不一樣？

　　中文習慣說「這（個）是什麼？」，但英文卻習慣說「什麼是這（個）？」（Wha is this?）。其中「what」代表要問的東西，在英文裡稱為「疑問詞」。疑問詞通常置於句首形成疑問句，但與之前學過的一般疑問句在語調上有很大的不同。「什麼是這？」句尾的語調如同肯定句一樣，要下降，這一點和中文說「這是什麼？」的語調也是下降是一致的。

 「what」要放在句首形成疑問句，句尾的語調要下降。

重點分析

　　what 是疑問代名詞＝「什麼」的意思，what 本身兼具疑問詞和代名詞的特性＝疑問詞（形成疑問句）＋代名詞（代表要問的東西）。之前的一般疑問句只要把 am、are、is 放到句首就可以了；但疑問詞的問句，必須把疑問詞移至句首，後面再接 is, am, are 等，形成疑問語氣。

例句分析 1

這是什麼？

中文：這個是什麼？

英文：什麼＋是＋這個

=What is this?（○）

常見錯誤

This is what?（✗）

what 開頭的疑問句，必須把 what 放到句首的位置，後面再接 is, am, are，形成疑問語氣！

例句分析 2

你的名字（name）是什麼？

中文：你的名字是什麼？

英文：什麼＋是＋你的＋名字

=What is your name?（○）

（「你的名字」指的是名字，要用 is。）

常見錯誤

Your name is what?（✗）

what 開頭的疑問句，必須把 what 放到句首的位置，後面再接 is, am, are，形成疑問語氣！

馬上試試看①

只要把 what 放在句首，後面接一個 be 動詞，就可以形成 what 疑問句。沒有那麼複雜，試試看吧！

1. 這是什麼？

_____

2. 這是一本書。

_____

3. 那是什麼？

_____

4. 那是一支筆。

_____

5. 這是你的名字（**name**）。

_____

6. 這是你的名字嗎？

_____

7. 你的名字是什麼？

_____

8. 那是他的名字。

_____

9. 那是他的名字嗎？

_____

10. 他的名字是什麼？

_____

 專有名詞，是獨一無二的名詞，第一個字母永遠都要大寫。

重點分析

　　「專有」代表「獨一無二」的意思，因此專有名詞就必須有特殊的寫法來與一般名詞做出區別。專有名詞與一般名詞最大的不同在於以下兩點。

　　1. 專有名詞無論在句子的什麼位置，第一個字母永遠要大寫。

　　2. 專有名詞因為是獨一無二的，所以前面當然不需再加 a/an 來表示數量。

注意

常見的「專有名詞」有以下幾種：

1. 人名　例如，John 約翰。

2. 地名　例如，Taipei 臺北。

3. 國家　例如，America 美國。

4. 語言　例如，English 英文。

例句分析

你的名字是什麼？

我的名字是約翰（John）。

中文：你的名字是什麼?

英文：什麼＋是＋你的＋名字

　　　＝What is your name?（○）

（「你的名字」指的是「名字」，要用 is。）

中文：我的名字是約翰。

英文：我的＋名字＋是＋約翰

　　　＝My name is John.（○）

（第一個字母永遠要大寫。）

常見錯誤

My name is a john.（X）

1. 專有名詞第一個字母永遠要大寫。

2. 專有名詞前面不用再加「a/an」來表示數量！

在日常生活很多場合裡，經常會遇到詢問對方的名字和自我介紹的情境！不過別忘了專有名詞的特性，把自己的名字說成「a John」就糗大了！

1. 你叫什麼的名字？

_____

2. 我的名字是約翰（**John**）。

_____

3. 她叫什麼的名字？

_____

4. 她的名字是瑪麗（**Mary**）。

_____

5. 他叫什麼的名字？

_____

6. 他的名字是比利（**Billy**）。

_____

 參考答案

馬上試試看①

1. What is this?
2. This Is a book.
3. What is that?
4. That is a pen.
5. This is your name.

6. Is this your name?
7. What is your name?
8. That is his name.
9. Is that his name?
10. What is his name ?

- -

馬上試試看②

1. What is your name?
2. My name is John.
3. What is her name?

4. Her name is Mary.
5. What is his name?
6. His name is Billy.

why 疑問句的用法

Why is she sad?

為什麼她是傷心的？

英文和中文，哪裡不一樣？

　　why 是「為什麼」的意思，它的用法和問句的語調都和 what 一樣，要移到句首形成問句。而 why 用來引導詢問原因的問句，所以句尾的語調如同肯定句一樣，也是必須下降的。

 必學重點 why 要放在句首形成疑問句，用來引導詢問原因的問句，句尾的語調要下降。

重點分析

　　why 的意思是「為什麼」，它的用法和 what 一樣，必須把 why 放到 am, are, is 等 be 動詞前面，也就是句首的位置，形成疑問語氣。why 引導的問句用來詢問原因，所以句尾語調要如同肯定句一樣，必須下降。

初學疑問句時，可以先照著以下步驟慢慢練習。

step 1 先想肯定句。

step 2 再改成疑問句。

step 3 再改成 why 引導的疑問句。

例句分析

為什麼約翰是傷心的？

Step 1 先想肯定句

中文：約翰是傷心的。

英文：John is sad.

Step 2 再改成疑問句

中文：約翰是傷心的嗎？

英文：Is John sad?

Step 3 再改成 why 引導的問句

中文：為什麼約翰是傷心的？

英文：Why is John sad?（○）

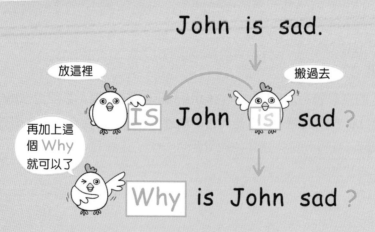

常見錯誤

Why John is sad? (X)

疑問句的基本條件是將 be 動詞 am / are / is... 等移到句首，但是當遇到 what / why... 等疑問詞時，必須把疑問詞移至 am, are, is... 等 be 動詞前面的句首位置，以形成疑問句！

馬上試試看 ▶▶▶

3 個步驟變出一個 Why 開頭的問句。

1. 他的貓是髒的。

_____

2. 他的貓是髒的嗎？

_____

3. 為什麼他的貓是髒的？

_____

4. 那張餐桌是小的。

_____

5. 那張餐桌是小的嗎？

_____

6. 為什麼那張餐桌是小的？

_____

7. 你哥哥（**brother**）生病了（**sick**）。

_____

8. 你哥哥生病了嗎？

_____

9. 為什麼你的哥哥生病了？

_____

10. 那個學生是笨的。

_____

11. 那個學生是笨的嗎？

_____

12. 為什麼那個學生是笨的？

_____

13. 你叔叔（**uncle**）是自私的（**selfish**）。

_____

14. 你叔叔是自私的嗎？

_____

15. 為什麼你的叔叔是自私的？

_____

16. 那個郵差（**postman**）是誠實的（**honest**）。

_____

17. 那個郵差是誠實的嗎？

_____

18. 為什麼那個郵差是誠實的？

_____

 參考答案

馬上試試看

1. His cat is dirty,
2. Is his cat dirty?
3. Why is his cat dirty?
4. That table is small.
5. Is that table small?
6. Why is that table small?
7. Your brother is sick.
8. Is your brother sick?
9. Why is your brother sick?

10. That student is stupid.
11. Is that student stupid?
12. Why is that student stupid?
13. Your uncle is selfish.
14. Is your uncle selfish?
15. Why is your uncle selfish?
16. That postman is honest.
17. Is that postman honest?
18. Why is that postman honest?

Lesson 10

Every 的用法

Every student is happy
每一個學生都是快樂的。

英文和中文，哪裡不一樣？

我們中文說「每一個」的時候通常會用到「都」這個字。但在英文中，如果說 Every student is all happy.，其中的 all 就顯得太多餘了。

 every 的用法：「every」＝「每一個」，屬於形容詞。「每一個」是單數的概念，必須和單數名詞配合，所以 be 動詞要用 is。

重點分析

「every」的形容詞用法和之前學過的形容詞一樣，例如，高的學生＝tall student，這個學生＝this student，所以每一個學生＝every student。

例句分析

每一個學生都是快樂的。

中文：每一個學生都是快樂的。

英文：每一個＋學生（單數）＋（都）是＋快樂的
　　　＝Every student is happy.（○）

常見錯誤

Every students are happy.（X）

every 是單數的概念，必須和單數名詞 student 配合，所以 be 動詞要用 is！

馬上試試看 ▶▶▶

　　知道怎麼寫出 why 引導的問句，也知道 every 的用法，那麼如果它們合體呢？

1. 每一棟房子都是綠色的。
_____

2. 每一棟房子都是綠色的嗎？
_____

3. 為什麼每一棟房子都是綠色的？
_____

4. 每一位郵差都是忙碌的。
_____

5. 每一位郵差都是忙碌的嗎？
_____

6. 為什麼每一位都郵差都是忙碌的？
_____

7. 每一隻貓都是乾淨的。
_____

8. 每一隻貓都是乾淨的嗎？

9. 為什麼每一隻貓都是乾淨的？

 參考答案

馬上試試看

1. Every house is green.
2. Is every house green?
3. Why is every house green?
4. Every postman is busy.
5. Is every postman busy?
6. Why is every postman busy?
7. Every cat is clean.
8. Is every cat clean?
9. Why is every cat clean?

Lesson 11

連接詞 *because* 的用法

He is smart because he is a scientist.
他是聰明的，因為他是一位科學家。

英文和中文，哪裡不一樣？

　　because 的意思是「因為」，是個連接詞，放在句中可以不加逗號，不過在中文句子裡，「因為」在句中時，前面要加逗號，讓句意更明顯且利於閱讀。另外，在同一句子裡，because 不能和 so（所以）同時出現，這一點中文和英文有很大不同。

 必學重點1 because 的用法：句 1＋because＋句 2

重點分析

　　because 像是兩個火車車廂之間的掛鉤，可將兩節車廂連在一起。在英文裡，就是將兩個句子連成一句，可以讓整個句子的語意更加完整。所以 because 常常被放在句中：「句 1＋because＋句 2」，如此可使語意更加完整，不過要特別注意的是，當 because 放在句中當掛鉤時，前面通常不加逗號（,）。

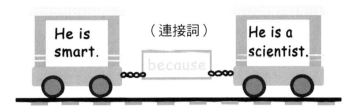

例句分析 1 「句 1＋because＋句 2」

他是聰明的，因為他是一位科學家。

中文：他是聰明的，因為他是一位科學家。

英文：他是聰明的(,)＋因為＋他是一位科學家

＝He is smart(,) because he is a scientist.（○）

常見錯誤

He is smart because He is a scientist.（╳）

because 放在句中時，前面可以不加逗號，不過 because 後面的句子，也就是句 2 開頭的 he 位於整句句中，所以不能大寫！

例句分析 2 「句 1＋because＋句 2」

他是傷心的，因為他生病了。

中文：他是傷心的，因為他生病了。

英文：他是傷心的＋因為＋他是生病的

＝He is sad because he is sick.（○）

馬上試試看①

　　注意到了嗎？下面的試題融合我們之前學過的陳述句、why 疑問句和剛剛學的連接詞 because。學了這麼多，你該為自己感到驕傲！

　　1. 那個農夫是瘦的。

2. 那個農夫是瘦的嗎？

_____

3. 為什麼那個農夫是瘦的？

_____

4. 那個農夫是瘦的，因為他生病了。

_____

5. 你是虛弱的（**weak**）。

_____

6. 你是虛弱的嗎？

_____

7. 為什麼你是虛弱的？

_____

8. 我是虛弱的，因為我生病了。

_____

9. 這個名字是好的。

_____

10. 這個名字是好的嗎？

_____

11. 為什麼這個名字是好的？

_____

12. 這個名字是好的，因為它是我的名字。

_____

13. 大衛（**David**）是一個好學生。

_____

14. 大衛是一個好學生嗎？

_____

15. 為什麼大衛是一個好學生？

_____

16. 大衛是一個好學生，因為他是誠實的。

_____

17. 他是一位好醫生。

_____

18. 他是一位好醫生嗎？

_____

19. 為什麼他是一位好醫生？

_____

20. 他是一位好醫生，因為他是仁慈的（**kind**）。

_____

 必學重點 2 because 也可放在句首：Because＋句 1,＋句 2

重點分析

　　because 也可以放在句首變成火車頭，後面掛著兩節車廂，也就是將兩個句子連接成一句。所以當 because 放在句首時，句型是「Because＋句 1,＋句 2」。

> **注意**

中文常講「因為…所以…」，而英文卻只講「因為…」，後面不會加「所以」。因此當 because 放在句首時，大家可以把句 2 前面的逗號想像成「所以」來看。

√ 有because

╳ 沒有because　　　　　　　　　我們要分開了！

例句分析：「Because＋句 1, 句 2」

因為他生病了，所以他感到傷心。

中文：因為他生病了，所以他傷心。

英文：因為＋他是生病的＋（逗號）＋他是傷心的

＝Because he is sick, he is sad.（〇）

常見錯誤

Because he is sick, so he is sad.（X）

because 放句首時，句 2 前面要加上逗號，且不能再加 so（所以）

馬上試試看② ▶▶▶

　　逗號雖然不起眼，但它在 because 的句子中可是很重要的！該加的時候不能輕易省略！

1. 我的學生們是聰明的。

_____

2. 我的學生們是聰明的嗎？

_____

3. 為什麼我的學生們是聰明的？

_____

4. 因為你是聰明的，所以你的學生們是聰明的。

_____

5. 這張書桌是好的。

_____

6. 這張書桌是好的嗎？

_____

7. 為什麼這張書桌是好的？

_____

8. 因為這張書桌是乾淨的，所以它是好的。

_____

9. 我哥哥是傷心的。

_____

10. 我哥哥是傷心的嗎？

_____

11. 為什麼我哥哥是傷心的？

_____

12. 因為你哥哥生病了，所以他感到傷心。

_____

 參考答案

馬上試試看①

1. That farmer is thin.
2. Is that farmer thin?
3. Why is that farmer thin?
4. That farmer is thin because he is sick.
5. You are weak.
6. Are you weak?
7. Why are you weak?
8. I am weak because I am sick.
9. This name is good.
10. Is this name good?
11. Why is this name good?
12. This name is good because it is my name.
13. David is a good student.
14. Is David a good student?
15. Why is David a good student?
16. David is a good student because he is honest.
17. He is a good doctor.
18. Is he a good doctor?
19. Why is he a good doctor?
20. He is a good doctor because he is kind.

馬上試試看②

1. My students are smart.
2. Are my students smart?
3. Why are my students smart?
4. Because you are smart, your students are smart.
5. This desk is good.
6. Is this desk good?
7. Why is this desk good?
8. Because this desk is clean, it is good.
9. My brother is sad.
10. Is my brother sad?
11. Why is my brother sad?
12. Because your brother is sick, he is sad.

Lesson 12

who 疑問句的用法

Who is that boy?

那個男孩是誰？

英文和中文，哪裡不一樣？

who 是疑問代名詞，意思是「誰」，而 who 的用法和前面所學的 what 及 why 相同，都可以放在句首形成疑問句，因此中文習慣講「他是誰？」，英文卻習慣說成「誰是他？」（Who is he?）。另外，who 是用來詢問「誰」或「身份」的問句，所以句尾的語調要如同肯定句一般，必須下降。

 who 放在句首，且放在 am, are, is 之前形成疑問語氣，句尾的語調要下降。

重點分析

who 是疑問代名詞＝「誰」的意思，所以疑問詞 who 屬於代名詞（代表要問的人）。who 的用法和前面所學的「what」、「why」相同，都必須放在 am, are, is 之前句首的位置，形成疑問語氣。

例句分析

那個男孩是誰？

中文：那個男孩是誰？
英文：誰＋是＋那個男孩
　　　＝Who is that boy?（○）
（who 引導的疑問句是用來詢問對方是「誰」，所以句尾語調要下降。）

常見錯誤

That boy is who?（Ⅹ）

who 引導的疑問句，必須把 who 放到 am, are, is 之前句首的位置，形成疑問語氣！

馬上試試看 >>>

多練習一點 who 疑問句的用法，因為這個句型真的太好用了！不過回答時也不能鬆懈，be 動詞、代名詞、所有格等語法重點要記清楚！

1. 那位郵差是誰？

_____

2. 那位郵差是我父親。

_____

3. 那位司機是誰？

_____

4. 那位司機是我叔叔。

_____

5. 那個學生是誰？

_____

6. 那個學生是約翰。

_____

7. 這個女孩是誰？

_____

8. 這個女孩是我的朋友。

_____

9. 你的護士是誰？

_____

10. 我的護士是那個女孩。

_____

11. 那個男服務生（**waiter**）是誰？

_____

12. 那個男服務生是我的哥哥。

_____

13. 那個女服務生（**waitress**）是誰？

_____

14. 那個女服務生是我的姐姐。

_____

15. 你的弟弟是誰？

_____

16. 我的弟弟是比利。

_____

17. 你的朋友是誰？

_____

18. 我的朋友是林先生（**Mr. Lin**）。

_____

19. 他的祖母是誰？

_____

20. 他的祖母是林太太（**Mrs. Lin**）。

_____

✅ 參考答案

馬上試試看

1. Who is that postman?

2. That postman is my father.

3. Who is that driver?

4. That driver is my uncle.

5. Who is that student?

6. That student is John.

7. Who is this girl?

8. This girl is my friend.

9. Who is your nurse?

10. My nurse is that girl.

11. Who is that waiter?

12. That waiter is my brother.

13. Who is that waitress?

14. That waitress is my sister.

15. Who is your brother?

16. My brother is Billy.

17. Who is your friend?

18. My friend is Mr. Lin.

19. Who is his grandmother?

20. His grandmother is Mrs. Lin.

Lesson 13

how 疑問句與 fine 的用法

How is your grandfather?
你祖父身體好嗎？

He is fine.
他很好。

英文和中文，哪裡不一樣？

　　how 是疑問詞，是「如何」的意思。我們通常會用 how 來問候別人「身體或其他狀況如何」。而 how 的用法也和前面所學的 what、why、who 等疑問詞相同，都可以放在句首形成疑問句。另外，如果我們要回答「很好」時，可以用 fine 這個形容詞，代表「身體安好」。

 必學重點 how 放在句首，且放在 am, are, is 之前形成疑問語氣，句尾的語調要下降。

重點分析

　　疑問詞 how 是「如何」的意思。how 的用法和前面所學的 what、why、who 相同，都可以放在 am、are、is 之前句首的位置形成疑問語氣。另外，可以用 how 來詢問或確認對方，或其他的狀況，所以句尾語調要下降。

注意

形容詞 fine＝「好的」的意思。當我們回答「身體狀況很好」時，通常不會用「good」，而是用 fine。所以 fine 和 good 的「好」，有意義上的不同。good 通常指某人「人格」、「人品」或東西「品質」的好。

例句分析 1

你好嗎？

中文：你好嗎？

中文：你是「身體狀況如何」？

英文：「身體狀況如何」＋是＋你

＝How are you?（○）

（how 疑問句是用來「詢問對方身體狀況」的問句，故句尾語調下降。）

常見錯誤

How is you?（╳）　　　　詢問對象是「你」，所以用 are！

例句分析 2

你的祖母好嗎？

中文：你的祖母好嗎？

中文：你的祖母是「身體狀況如何」？

英文：「身體狀況如何」＋是＋你的祖母

＝How is your grandmother?（○）

（詢問對像是「你的祖母」，所以用 is。）

常見錯誤

How are your grandmother?（╳）

詢問對像是「你的祖母」，所以用 is！

我祖母很好。

中文：我祖母很好。

英文：我祖母＋是＋「身體安好的」

 ＝My grandmother is fine.（○）

馬上試試看① >>>

大家一開始學英文，一定都會學到 How are you?，但可能沒有仔細去想過為什麼會這樣問。學過這一課以後，對這一句基本英文一定更加瞭解了吧！

1. 那位郵差（身體）好嗎？

_____

2. 那位郵差很好。

_____

3. 那個嬰兒（身體）好嗎？

_____

4. 那個嬰兒很好。

_____

5. 你的朋友（身體）好嗎？

_____

6. 我的朋友很好。

_____

7. 那位司機（身體）好嗎？

_____

8. 他很好。

_____

9. 她的叔叔（身體）好嗎？

_____

10. 他很好。

_____

11. 瑪麗（身體）好嗎？

_____

12. 她很好。

_____

 How＋形容詞＝表示「有多…（老、漂亮、新、頻繁…等）」

重點分析

how 除了「如何」之外，後面也可與其他形容詞結合，用來詢問不同的狀況。例如，How＋old＝如何老＝多老＝「幾歲」的意思，而 How＋new＝如何新＝「多新」的意思！

例句分析 1

你的父親幾歲呢？

中文：你的父親多大年紀呢？

你父親是多老呢？

英文：多老＋是＋你的父親

＝How old is your father?（○）

（how old 是要「詢問對方的年紀」，所以語調和 how 相同，句尾要下降！）

常見錯誤

Your father is how old?（X）

How old 的用法和 how 相同，必須放到 am, are, is 之前句首的位置，形成疑問語氣！

【 how 疑問句的順序 】

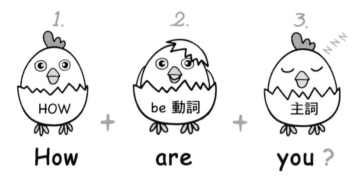

【「 how ＋形容詞」疑問句的順序 】

例句分析 2

這部鋼琴是多新呢？

中文：這部鋼琴是多新呢？

英文：多新＋是＋這部鋼琴

　　　＝How new is this piano?（○）

（How new 用來「詢問鋼琴的狀況」，句尾語詞要下降！）

常見錯誤

This piano is how new?（X）

How new 的用法和 how 相同，必須放到 am, are, is 之前句首的位置，形成疑問語氣！

馬上試試看② ▶▶▶

現在來練習看看，把 old 替換成其他的形容詞吧！

1. 你是多高呢？

---

2. 我媽媽是多生氣呢？

---

3. 他的祖母是多大年紀呢？

---

4. 你的學生是多誠實呢？

---

5. 那個郵差是多忙碌呢？

---

6. 我們的老師是多傷心呢？

---

7. 那隻狗是多大呢？

---

8. 那架飛機是多漂亮呢？

---

9. 我兒子（**son**）是多笨呢？

---

10. 你女兒（**daughter**）是多懶惰呢？

馬上試試看①

1. How is that postman?

2. That postman is fine.

3. How is that baby?

4. That baby is fine.

5. How is your friend?

6. My friend is fine.

7. How is that driver?

8. He is fine.

9. How is her uncle?

10. He is fine.

11. How is Mary?

12. She is fine.

- -

馬上試試看②

1. How tall are you?（詢問對象是「你」，所以要用 are）

2. How angry is my mother?

3. How old is his grandmother?

4. How honest is / are your student / students?

5. How busy is that postman?

6. How sad is our teacher?

7. How big/old is that dog?（如果是指「年紀多大」，用 How old...?）

8. How beautiful is that airplane?

9. How stupid is my son?

10. How lazy is your daughter?

Lesson 14

where 疑問句的用法

Where is my mother?

我的媽媽在哪裡？

英文和中文，哪裡不一樣？

　　「where」疑問詞是「在哪裡」的意思。「where」的用法也和前面所學的「what」、「why」、「who」等疑問詞相同，都可以放在句首形成疑問句。「where」是用來「確認對方的地點」的，所以句尾語調要下降！

 必學重點 where 放在句首，且放在 am, are, is 之前形成疑問語氣，句尾的語調要下降。

重點分析

　　疑問詞 where＝「在哪裡」的意思。「where」的用法和前面所學的「what」、「why」、「who」相同，都必須放在 am, are, is 之前句首的位置形成疑問語氣。另外「where」是用來「確認對方的地點」，所以句尾語調要下降。

例句分析 1

我的老師在哪裡？

中文：我的老師在哪裡？

英文：「在哪裡」＋是＋我的老師

　　　＝Where is **my teacher?**（○）

（where 引導的疑問句是用來「確認對象的地點」的問句，所以句尾語調要下降。）

例句分析 2

你在哪裡？

中文：你在哪裡？

英文：「在哪裡」＋是＋你

　　　＝Where are **you?**（○）

（where 引導的疑問句是用來「確認對象的地點」的問句，所以句尾語調要下降。）

馬上試試看 ▶▶▶

　　出國遊玩的時候，一定要把這個句型練熟！因為一旦迷路，就一定會用到這一句，多練習幾次吧！

1. 瑪麗（是）在哪裡？

_____

2. 你（是）在哪裡？

_____

3. 他們（是）在哪裡？

_____

4. 那個醫生（是）在哪裡？

_____

5. 那個男服務生（是）在哪裡？

_____

6. 她的父母（是）在哪裡？

_____

7. 我的朋友們（是）在哪裡？

_____

8. 你的時鐘（**clock**）（是）在哪裡？

_____

9. 我的杯子（**cup**）（是）在哪裡？

_____

10. 她的沙發（**sofa**）（是）在哪裡？

_____

11. 那家商店（**store**）（是）在哪裡？

_____

12. 那家書店（**bookstore**）（是）在哪裡？

_____

13. 我的腳踏車（**bicycle**）（是）在哪裡？

_____

14. 我們的學校（**school**）（是）在哪裡？

_____

15. 他們的教室（**classroom**）（是）在哪裡？

_____

 參考答案

馬上試試看

1. Where is Mary?
2. Where are you?
3. Where are they?
4. Where is that doctor?
5. Where is that waiter?
6. Where are her parents?
7. Where are my friends?
8. Where is your clock?
9. Where is my cup?
10. Where is her sofa?
11. Where is that store?
12. Where is that bookstore?
13. Where is my bicycle?
14. Where is our school?
15. Where is their classroom?

Lesson **15**

介系詞 in 的用法

That cat is in my room.
那隻貓在我的房間裡。

英文和中文，哪裡不一樣？

在中文裡，我們為了要明確表達「某人或物的位置」，會使用「在裡／外／上／下」等詞彙，讓別人清楚瞭解相互之間的「相對位置」。而英文也是一樣的，也會用代表「裡／外／上／下」的字彙來說明，而這類字彙，都是以「介系詞」來呈現。

 必學重點 介系詞 in＝「在……裡面」的意思。
in 的後面常接表示「空間」（盒子／房屋）的名詞

重點分析

介系詞的功能，主要用來顯示出「兩者之間的相對位置」。如「in」這個介系詞是「在……裡面」的意思；既然是「在……裡面」，「in」的後面當然必須接配一個表空間（盒子／房屋）的名詞，來符合「在……裡面」的意思。

例句分析 1

那隻貓在我的房間裡。

中文：那隻貓在我的房間裡。

英文：那隻貓＋是＋在我的房間裡

　　＝那隻貓＋是＋「in＋我的房間」

　　＝That cat is in my room.（○）

常見錯誤

That cat in my room.（X）

中文常會省略「是」，但沒有了「is」，這句就失去了動詞。英文句子一定要有動詞，所以不能省略「is」！

例句分析 2

那本書在我車裡。

中文：那本書在我車裡。

英文：那本書＋是＋在我的汽車裡

　　＝那本書＋是＋「in＋我的汽車」

　　＝That book is in my car.（○）

常見錯誤

That book in my car.（X）

中文句子通常不講「是」，但英文句子沒有了「is」就失去了動詞。

馬上試試看 ▶▶▶

在這次的習題中，除了練習介系詞 in 的用法，還要順便複習之前學過的語法知識！

1. 你妹妹在哪裡？

2. 我妹妹（是）在她的房間裡。

_____

3. 你妹妹（是）在她的房間裡嗎？

_____

4. 是的，她在。

_____

5. 為什麼你妹妹（是）在她（自己）的房間裡？

_____

6. 她（是）在她（自己）的房間裡，因為她（是）疲倦了（**tired**）。

_____

7. 那個人在哪裡？

_____

8. 那個人（是）在我的房子裡。

_____

9. 那個人（是）在你的房子裡嗎？

_____

10. 是的，他在。

_____

11. 為什麼那個人（是）在你的房子裡？

_____

12. 那個人（是）在我的房子裡，因為他是我的丈夫（**husband**）。

_____

13. 你父親在哪裡？

_____

14. 我父親在他的辦公室（**office**）裡。

_____

15. 你父親在他的辦公室裡嗎？

_____

16. 是的，他在。

_____

17. 為什麼你父親在他的辦公室裡？

18. 他在他的辦公室裡，因為他是忙碌的。

19. 那位友善的（**friendly**）女服務生在哪裡？

20. 那位友善的女服務生（是）在那家書店裡。

21. 那位友善的女服務生（是）在那家書店裡嗎？

22. 是的，她在。

23. 為什麼那位友善的女服務生（是）在那家書店裡？

24. 她在那家書店是因為她的兒子（也）在那家書店裡。

25. 那個健康的（**healthy**）嬰兒在哪裡？

26. 那個健康的嬰兒（是）在她的汽車裡。

27. 那個健康的嬰兒（是）在她的汽車裡嗎？

28. 是的，他在。

29. 為什麼那健康的嬰兒（是）在她的汽車裡？

30. 那健康的嬰兒在她的汽車裡是因為她是他的母親。

31. 那隻猴子在哪裡？

32. 那隻猴子在我的教室裡。

33. 那隻猴子在你的教室裡嗎？

34. 是的，牠在。

35. 為什麼那隻猴子在你的教室裡嗎？

36. 牠在我的教室裡，因為牠是我的寵物（**pet**）。

 參考答案

馬上試試看

1. Where is your sister?

2. My sister is in her room.

3. Is your sister in her room?

（注意：is 已經從句中移到句首變成疑問句，所以句中不能再寫 is）

4. Yes, she is.

5. Why is your sister in her room?

6. She is in her room because she is tired.

7. Where is that person?

8. That person is in my house.

9. Is that person in your house?

10. Yes, he is.

11. Why is that person in your house?

12. That person is in my house because he is my husband.

13. Where is your father?

14. My father is in his office.

15. Is your father in his office?

16. Yes, he is.

17. Why is your father in his office?

18. He is in his office because he is busy.

19. Where is that friendly waitress?

20. That friendly waitress is in that bookstore.

21. Is that friendly waitress in that bookstore?

22. Yes, she is.

23. Why is that friendly waitress in that bookstore?

24. She is in that bookstore because her son is in that bookstore.

25. Where is that healthy baby?

26. That healthy baby is in her car.

27. Is that healthy baby in her car?

28. Yes, he is.

29. Why is that healthy baby in her car?

30. That healthy baby is in her car because she is his mother.

31. Where is that monkey?

32. That monkey is in my classroom.

33. Is that monkey in your classroom?

34. Yes, it is.

35. Why is that monkey in your classroom?

36. It is in my classroom because it is my pet.

介系詞 on 的用法

That book is on your desk.
那本書在你的書桌上。

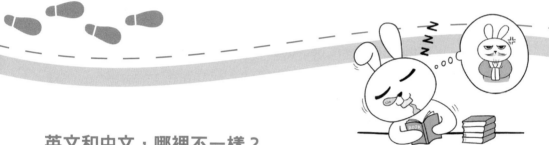

英文和中文，哪裡不一樣？

經過前面 15 課的介紹，我們已經瞭解介系詞的功能。介系詞主要用來顯示「兩者之間的相對位置」。既然我們已經學了「in」這個介系詞（在…裡面）的用法，當然我們也該學會和「in」相對的「on」這個介系詞（在…上面）的用法！如此一來，大家用英文描述「兩者之間的相對位置」時，才能更加明確喔！

 介系詞 on＝「在…上面」的意思。

重點分析

「on」這個介系詞是「在…上面」的意思，但是這裡所說的「上面」，並不是「漂浮在東西的上空」喔，而是指接觸到東西的「表面」，才能使用「on」來說明！

例句分析

那顆蘋果在你的椅子上。

中文：那顆蘋果在你的椅子上。

在上面

英文：那顆蘋果＋是＋在你的椅子上
　　　＝那顆蘋果＋是＋「on＋你的椅子」
　　　＝That apple is on your chair.（○）

常見錯誤

That apple on your chair.（X）

中文通常不會說「是在椅子上」，但英文若沒有「is」，句子就失去了動詞。英文句子一定要有動詞，所以不能省略「is」！

馬上試試看 ▶▶▶

透過練習繼續強化自己對於介系詞 on 用法的認知吧！

1. 那本書（是）在你的書桌上。

2. 那本書（是）在我的書桌上嗎？

3. 是的，它在。

4. 為什麼那本書（是）在我的書桌上？

5. 那本書在你的書桌上，因為它是你的書。

6. 那隻狗（是）在她的餐桌上。

7. 那隻狗（是）在她的餐桌上嗎？

8. 是的，牠在。

9. 為什麼那隻狗（是）在她的餐桌上？

10. 那隻狗在她的餐桌上，因為牠餓（**hungry**）了。

 參考答案

馬上試試看
1. That book is on your desk.
2. Is that book on my desk?
3. Yes, it is.
4. Why is that book on my desk?
5. That book is on your desk because it is your book.
6. That dog is on her table.
7. Is that dog on her table?
8. Yes, it is.
9. Why is that dog on her table?
10. That dog is on her table because it is hungry.

Lesson **17**

其他常用介系詞

He is **at** that station.
他在那個車站。

英文和中文，哪裡不一樣？

　　既然已經學過 in 和 on 兩個介系詞的用法，我們當然也該學習一下其他常用的介系詞。要注意的是，中文講「在上面／下面／旁邊⋯」都是同「在」這個字，但英文可就得配合不同介系詞了。

必學重點

at	beside	near	under
在⋯⋯地點	在⋯⋯旁邊	在⋯⋯附近	在⋯⋯正下方

over	below	above
在⋯⋯正上方	在⋯⋯下方	在⋯⋯上方

at 的特性和用法

　　at 表示「在⋯（地點）」，強調人或物在某場所中的一個位置。

分析

「at」後面可以接表示「地點」的名詞。例如，「在車站」＝at＋車站。

例句分析

他在那個車站（station）。

中文：他在那個車站。

英文：他＋是＋在那個車站

　　＝他＋是＋「at＋那個車站」

　　＝He is at that station.（○）

常見錯誤

He at that station.（X）

在這個中文句子中，不會有「是」的字眼，但翻成英文後，沒有「is」的話，句子就失去了動詞。英文句子一定要有動詞，所以不能沒有「is」！

beside 的特性和用法

介系詞 beside＝「在…（人或物）旁邊（靠得很近）」的意思。

分析

「beside」的本意是「在旁邊」，且要表達的是「靠得很近」，有「靠在東西旁邊」的感覺。例如，「靠在約翰旁邊」＝beside＋約翰。

例句分析

那隻貓在你的嬰兒（baby）旁邊。

中文：那隻貓在你的嬰兒旁邊。

英文：那隻貓＋是＋靠在你的嬰兒旁邊

　　　＝那隻貓＋是＋「beside＋你的嬰兒」

　　　＝That cat is beside your baby.（○）

near 的特性和用法

介系詞 near＝「在…（人或物）附近」的意思。（距離較遠）

分析

「near」是「在…附近」的意思，相較於「at」、「beside」，它要表達的距離又更遠一些。例如，你爸爸在車站附近＝「你爸爸＋is near＋車站」。

例句分析

我的房子（house）在那個公園附近。

中文：我的房子在那個公園附近。

英文：我的房子＋是＋在那個公園附近

　　　＝我的房子＋是＋「near＋那個公園」

　　　＝My house is near that park.（○）

【比較 at, beside, near】

★at **that store**
在那家店裡

★beside **that store**
在**那家店**旁邊

★near **that store**
在**那家店**附近

near　beside　at

under 和 below 的特性、用法及不同之處

介系詞 under / below＝「在…下面」的意思。

分析

「under」強調的是「在…正下方」，而「below」只是要表達「在…下方」，並無強調「正下方」的意思。例如，「那隻狗在樹下」，若是強調「在樹的正下方」＝「那隻狗＋under＋樹」，若只是說「在樹的下方」並無強調正下方＝「那隻狗＋below＋樹」。因此要選擇哪一個介系詞，必須先瞭解語意才行。

【比較 under, below】

under　在正下方

below　在下方

例句分析

他的盒子（box）在車下。

中文：他的盒子在車下。

英文：他的盒子＋是＋在車下

＝他的盒子＋是＋「under / below＋車子」

＝His box is under the car.（強調正下方）（○）

＝His box is below the car.（只說明是下方）（○）

over 和 above 的特性、用法及不同之處

介系詞 over / above＝「在…上方」的意思。

分析

「over」強調「在…正上方」，而「above」只是說明「在…上方」，並無強調正上方的意思。例如，「那個氣球在樹的上方」，若是強調「在樹的正上方」＝「那個氣球＋over＋樹」，若只是說「在樹的上方」並無強調正上方＝「那個氣球＋above＋樹」。因此要選擇哪一個介系詞，得先瞭解語意才行喔！

那個氣球（balloon）在你的房子上方。

中文：那個氣球在你的房子上方。

英文：那個氣球＋是＋在你的房子上方

＝那個氣球＋是＋「over / above＋房子」

＝That balloon is over your house.（強調正上方）（○）

＝That balloon is above your house.（只說明是上方）（○）

【比較 over,above】

over this house

在這個房子正上方

above this house

只要在上方即可，
不一定要在正上方

提示

「在樹上」有兩種說法，「屬於樹本身的東西」，如果實、葉子等要用「on」，而「在樹枝間穿梭的小動物」，如鳥、猴子等要用「in」喔！

例句分析 1

那顆蘋果在樹上。

中文：那顆蘋果在樹上。

英文：那顆蘋果＋是＋在樹上

　　　＝那顆蘋果＋是＋「on＋樹」

　　　＝That apple is on the tree.（○）

（屬於樹本身的東西，要用「on」。）

例句分析 2

那隻猴子在樹上。

中文：那隻猴子在樹上

英文：那隻猴子＋是＋在樹上

　　　＝那隻猴子＋是＋「in＋樹」

　　　＝That monkey is in the tree.（○）

（在樹枝間穿梭的小動物，要用「in」。）

馬上試試看

　　這一課學了好多的介系詞！經過一次次的練習，是不是已經能把它們區分清楚了呢？試做下面的題目，檢驗一下自己的學習成果吧！

1. 那把鑰匙（key）（是）在那個盒子裡（in）。

_____

2. 那把鑰匙（是）在那個盒子裡嗎？

_____

3. 不，它不在。

_____

4. 那把鑰匙在你的桌上（on）。

_____

5. 她的狗（是）在那間商店。

_____

6. 她的狗（是）在那間商店嗎？

_____

7. 不，牠不在。

_____

8. 她的狗（是）在你丈夫旁邊。

_____

9. 你的房子（是）在這公園旁邊。

_____

10. 你的房子（是）在這公園旁邊嗎？

_____

11. 不，我的房子不在這公園旁邊。

_____

12. 我的房子（是）在這個公園附近。

_____

13. 那顆氣球（是）在這棵樹下（below）。

_____

14. 那顆氣球（是）在這棵樹下嗎？

_____

15. 不，它不在。

_____

16. 那顆氣球（是）在這棵樹的上方（above）。

_____

17. 那隻蝴蝶（butterfly）（是）在他的頭（head）頂上方（over）。

_____

18. 那隻蝴蝶（是）在他的頭頂上方嗎？

_____

19. 不，它不在。

_____

20. 那隻蝴蝶（是）在那張桌子的正下方（**under**）。

_____

21. 那隻鳥（是）在那棵樹上（**in**）。

_____

22. 那隻鳥（是）在那棵樹上嗎？

_____

23. 不，牠不在。

_____

24. 那隻鳥（是）在那窗戶（**window**）旁邊（**beside**）。

_____

 參考答案

馬上試試看

1. That key is in that box.

2. Is that key in that box?

3. No, it is not.

4. That key is on your table.

5. Her dog is at that store.

6. Is her dog at that store?

7. No, it is not.

8. Her dog is beside your husband.

9. Your house is beside this park.

10. Is your house beside this park?

11. No, my house is not beside this park.

12. My house is near this park.

13. That balloon is below this tree.

14. Is that balloon below this tree?

15. No, it is not.

16. That balloon is above this tree.

17. That butterfly is over his head.

18. Is that butterfly over his head?

19. No, it is not.

20. That butterfly is under that table.

21. That bird is in that tree.

22. Is that bird in that tree?

23. No, it is not.

24. That bird is beside that window.

Lesson 18

whose 疑問句的用法

Whose book is this?

這本書是誰的？

英文和中文，哪裡不一樣？

　　中文習慣講「這本書是誰的？」，但英文卻習慣說「誰的是這本書？」，其中 whose 也是疑問（代名）詞的一種，也就是「誰的…」的意思。而 whose 的用法和前面所學的「What」、「Why」相同，都可以放在句首引導疑問句。另外，whose 引導的問句用來「確認是誰的東西」，所以句尾的語調要如同肯定句一般，必須下降。

 必學重點　whose 放在句首，且放在 am, are, is 之前引導疑問句，句尾的語調要下降。

重點分析

　　whose 是疑問代名詞的一種，意思是「誰的（人事物）」。whose 的用法和前面所學的「What」、「Why」相同，都必須放在 am, are, is 之前句首的位置，引導疑問句。

例句分析 1

這本書是誰的？

中文：這本書是誰的？
英文：誰的書＋是＋這本
　　　＝Whose book is this?（○）

whose 疑問句是用來「確認是誰的東西」，所以句尾語調要下降。

常見錯誤

This book is whose?（✗）

whose 疑問句中，必須把 whose 放到 am，are，is 之前句首的位置，形成疑問語氣！

例句分析 2

這隻貓是誰的？

中文：這隻貓是誰的？
英文：誰的貓＋是＋這隻
　　　＝Whose cat is this?（○）

（whose 在此是形容詞用法，表示「誰的」；this 在這裡是代名詞，表示「這隻（貓）」。）

例句分析 3

你是誰的醫生？

中文：你是誰的醫生？
英文：誰的醫生＋是＋你
　　　＝Whose doctor are you?（○）

（Whose doctor 表示「誰的醫生」，whose 當形容詞用。）

馬上試試看 >>>

這一課的題目，會不斷提醒你要注意單複數和 be 動詞之間的關係。

1. 那本書是誰的？

_____

2. 這本書是誰的？

_____

3. 你是誰的老師？

_____

4. 他是誰的父親？

_____

5. 這些鳥是誰的？

_____

6. 那些雞是誰的？

_____

 參考答案

馬上試試看

1. Whose book is that?

2. Whose book is this?

3. Whose teacher are you?

4. Whose father is he?

5. Whose birds are these?

6. Whose chickens are those?

單、複數名詞的所有格表達

John's father is a doctor.

約翰的父親是一位醫生。

英文和中文，哪裡不一樣？

　　中文裡的「你的、我的、媽媽的、約翰的…」等，就是「名詞」＋「的」，而英文卻要在名詞後面加上「's」來表示。這樣的寫法，在英文裡我們稱為「所有格」，用來說明某人事物的所有權歸屬。

 名詞的所有格：只限於有生命的「人」或「動物」。

重點分析①　單數名詞的所有格寫法＝單數名詞＋'s

約翰的＝John's
那隻狗的＝that dog's
我父親的＝my father's
他的學生的＝his student's
那個男人的＝that man's

瑪麗的書是藍色的。

中文：瑪麗的書是藍色的。

英文：瑪麗的＋書＋是＋藍色的

  ＝Mary's book is blue.（一本）（○）

  ＝Mary's books are blue.（兩本以上）（○）

（瑪麗的＝Mary＋'s＝Mary's）

例句分析 2

這頭豬的耳朵是綠色的。

中文：這頭豬的耳朵是綠色的。

英文：這頭豬的＋耳朵＋是＋綠色的

  ＝This pig's ear is green.（當指一隻耳朵時）（○）

  ＝This pig's ears are green.（當指兩隻耳朵時）（○）

（這頭豬的＝This pig＋'s＝This pig's）

馬上試試看① ▶▶▶

這次的題目要練習所有格的基本表達。

1. 約翰的房間是小的。

---

2. 你學生的狗是大的。

---

3. 那隻貓的尾巴（tail）是短的（short）。

---

4. 他是我妹妹的朋友。

---

5. 這個人是瑪麗的司機。

重點分析②　「複數名詞」的所有格寫法：

一般來說，「複數名詞」的字尾有 -s 時，要寫成 s'（加上 ' 即可）

複數名詞	字尾是 -s 的所有格
貓兒們（cats）	貓兒們的（cats'）
女孩們（girls）	女孩們的（girls'）
父母們（parents）	父母們的（parents'）

複數名詞字尾不是 -s 的，要加上 's

複數名詞	字尾不是 -s 的所有格
男人們（men）	男人們的（men's）
女人（women）	女人們的（women's）
小孩們（children）	小孩們的（children's）

馬上試試看② ▶▶▶

在字尾是 -s 的複數名詞後面又加一個「's」，是不是看起來有點多餘啊？記得這個重點，再小心答題！

1. 那些貓的尾巴是白色的。

_____

2. 這些是我老師的書。

_____

3. 那些是我弟弟們的房間。

_____

4. 這些小孩們的手是乾淨的。

_____

5. 那些女人們的帽子是漂亮的。

_____

6. 那些男人們的車是髒的。

_____

「所有格代名詞」是為了避免重複敘述的寫法。

重點分析③ 「所有格代詞」的寫法

如果我們用中文說「這本書是我的書」，就重複說了一次「書」，聽起來就是個贅字，同樣，在英文裡，「所有格代名詞」也是用來避免這樣的重複敘述。

mine	yours	his	hers	its
等於 my＋名詞	等於 your＋名詞	等於 his＋名詞	等於 her＋名詞	等於 its＋名詞
my book	your book	his book	her book	its ear

注意

只有 his 和 its 的所有格代名詞不變。

ours	yours	theirs
等於 our＋名詞	等於 your＋名詞	等於 their＋名詞
our book	your book	their book

例句分析

那本書是我的。

中文：那本書是我的。

英文：那本書＋是＋我的

= That book is mine.（○）

（用 mine 來取代 my book。）

常見錯誤

That book is my.（✗）

在這句子裡，「我的」是指「我的書」，所以要用 mine，不能用 my！

馬上試試看 3 ▶▶▶

　　原來也可以用一個單字來表達多個單字，是不是很厲害呢？下面就來練習比較複雜的句子吧。

1. 那本書是誰的？

_____

2. 那本書是她的。

_____

3. 這本書是誰的？

_____

4. 這本書是我的。

_____

5. 這隻只狗是誰的？

_____

6. 這隻狗是你的。

_____

7. 那隻貓是誰的？

_____

8. 那隻貓是他們的。

_____

9. 這些雞是誰的？

_____

10. 這些雞是他的。

_____

11. 那些書是誰的？

_____

12. 那些書是我們的。

_____

13. 這些花是誰的？

_____

14. 這些花是你們的。

_____

 參考答案

馬上試試看①

1. John's room is small.
2. Your student's dog is big.
3. That cat's tail is short.
4. He is my sister's friend.
5. This person is Mary's driver.

馬上試試看②

1. Those cats' tails are white.
2. These are my teacher's books.
3. Those are my brothers' room.
4. These childern's hands are clean.
5. Those women's hats are beautiful.
6. Those men's cars (car) are (is) dirty.

馬上試試看③

1. Whose book is that?
2. That book is hers.
3. Whose book is this?
4. This book is mine.
5. Whose dog is this?
6. This dog is yours.
7. Whose cat is that?
8. That cat is theirs.
9. Whose chickens are those?
10. These chickens are his.
11. Whese books are these?
12. Those books are ours.
13. Whose flowers are these?
14. These flowers are yours.

Lesson 20

Which 疑問句的用法
Which is their chair?
他們的椅子是哪一張？

英文和中文，哪裡不一樣？

我們中文會說「他們的椅子是哪一張？」但英文的字序是相反的：「哪一個是他們的椅子？」which 的性質和 whose 一樣，當疑問詞時可置於句首，表示「哪一個；哪一些」。所以 which 可以代表單數，也可以代表複數。

 必學重點1 which 放在句首，且放在 am, are, is 之前形成疑問語氣，句尾的語調要下降。

重點分析①

which 當疑問代名詞＝「哪一個」的意思。它的用法和前面所學的 whose 相同，都必須放在 am, are, is 之前句首的位置，來形成疑問語氣。

which 當疑問詞時意思是「哪一個；哪一些」，也就是詢問對方「找出其中一個或一些」，因此若是問「哪一個」，那麼 which 後面要接的名詞就必須是單數名詞，而 be 動詞也就一定是 is 了；若是問「哪一些」，後面當然就是複數名詞，be 動詞要用 are。

例句分析 1

哪一本是我的書？

中文：哪一本是我的書？

英文：哪一本＋是＋我的書

　　＝Which is my book?（○）

（which 是問「哪一本」，後接「單數名詞」book，搭配 be 動詞 is。）

常見錯誤

Which is my books?（X）

這裡的 which 後面接 be 動詞 is，所以要搭配「單數名詞」book。

例句分析 2

哪一些是我的椅子？

中文：哪一些是我的椅子？

英文：哪一些＋是＋我的椅子

　　＝Which are my chairs?（○）

（which 是問「哪一些」，後接「複數名詞」chairs，搭配 be 動詞 are。）

Which is my chairs? (ㄨ)

這裡的 which 後面接 be 動詞是 are，所以要搭配「複數名詞」books。

馬上試試看① >>>

詢問「哪一個」的疑問句，就是要用 which 來當句子的開頭，所以在下面的題目中，如果還忘記用 which 開頭的話，就真的要多看幾遍前上述的內容啦！

1. 哪一棵是我們的樹？

_____

2. 哪一個是你的小孩？

_____

3. 哪一個是他的蘋果？

_____

4. 哪一些是她的椅子？

_____

5. 哪一些是你們的寵物？

_____

6. 哪一些是他們的鑰匙？

_____

重點分析②

which 和 whose, this, that 相同，也有「形容詞」用法：

胖的貓＝fat cat

瘦的貓＝thin cat

誰的貓＝whose cat

哪一個的貓＝which cat＝「哪一隻」貓

哪一隻貓是我的？

中文：哪一隻貓是我的？

英文：哪一隻貓＋是＋我的

＝Which cat is mine?（○）

（Which cat 中的 Which 是形容詞的用法，表示「哪一隻的」；mine 是所有格代名詞，用 mine 來取代 my cat。）

哪一些筆是我的？

中文：哪一些筆是我的？

英文：哪一些筆＋是＋我的

＝Which pens are mine?（○）

（Which pen 中的 Which 是形容詞的用法，表示「哪一些的」；mine 是所有格代名詞，用 mine 來取代 my pen。）

馬上試試看② ▶▶▶

　　看看下面的問句和之前的有什麼不同呢？沒錯，下面問句中 which 是當形容詞用，和「馬上試試看①」中當代名詞時是不同的！

1. 哪一本書是你的？

_____

2. 哪一把椅子是他們的？

_____

3. 哪一隻蝴蝶是漂亮的？

_____

4. 哪一些猴子是在那棵樹下（under）？

_____

5. 哪一些女孩是友善的？

_____

6. 哪一些老師是生氣的？

_____

 參考答案

馬上試試看①

1. Which is our tree?

2. Which is your child?

3. Which is his apple?

4. Which are her chairs?

5. Which are your pets?

6. Which are their keys?

- -

馬上試試看②

1. Which book is yours?

2. Which chair is theirs?

3. Which butterfly is beautiful?

4. Which monkeys are under that tree?

5. Which girls are friendly?

6. Which teachers are angry?

Lesson 21

定冠詞 the 的用法及無生命事物的所有格

The flower is beautiful.
這（那）朵花是漂亮的。
The flowers are beautiful.
這些（那些）花是漂亮的。

英文和中文，哪裡不一樣？

我們之前學過，一朵花＝a flower，如果要指出「特定的那朵花」，就必須靠「the」來幫忙。所以要指出「特定的那朵花」，我們就必須將 a 改成 the，也就是「the flower」。這個「the」指出特定對象，所以稱它為「定冠詞」。另外，the 除了可以代替「a」之外，也可以代替 these（這些的）、those（那些的），因此 the 後面可以接單數或複數名詞！

 the 用來指出「特定人事物」，後面可以接單數或複數名詞。

重點分析

the 主要用來指出特定的人事物。另外，the 可以修飾單數或複數名詞。因此，在某些情況中，它可以代替 a（一個）、this（這個）、that（那個），以及 these（這些）、those（那些）。

特定的一朵花＝the flower＝this flower
　　　　　　　　　　＝that flower

特定的一些花＝the flowers＝these flowers
　　　　　　　　　　＝those flowers

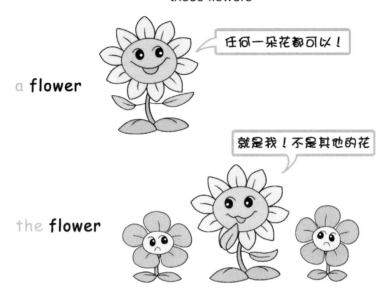

馬上試試看① ▶▶▶

定冠詞是非常重要的，有時候就算是學英文很久的人，都搞不清楚哪裡要加、哪裡不要加。先做幾題小試身手吧！

1. 那個學生是貧窮的。

_____

2. 這個醫生是富有的。

_____

3. 那隻狗是虛弱的。

_____

4. 那些護士是有耐心的（**patient**）。

_____

5. 這些人是錯的。

_____

必學重點 2 無生命事物的所有格寫法＝「部分」屬於（of）「全部」

重點分析

之前我們學過名詞的所有格，必須在名詞後面加上「's」來表示，但這樣的寫法只限於有生命的「人」或「動物」。除了上述的所有格寫法，另外還有「無生命（主要指**具體的物品**）事物所有格」寫法，它和有生命名詞（人或動物）的所有格寫法是不同的。

有生命名詞的所有格寫法＝名詞＋「's」

約翰的書桌＝John's desk
這隻豬的鼻子＝the pig's nose

無生命事物所有格寫法＝「部分」of（屬於）「全部」

例句分析 1

房子的窗戶是壞的。

中文：房子的窗戶是壞的。
英文：房子的窗戶＋是＋壞的
　　　＝「特定窗戶」＋of（屬於）＋「特定房子」＋是＋壞的
　　　＝The window of the house is broken.（○）

常見錯誤

The house's window is broken.（✗）
房子沒有生命，是具體的物，不能寫成 house's。

例句分析 2

桌腳是好的。

中文：桌腳（leg）是好的。

英文：桌子的腳＋是＋好的

　　　＝「特定的腿」＋of（屬於）＋「特定的桌子」＋是＋好的

　　　＝The leg of the table is good.（○）

常見錯誤

The table's leg is good.（X）

桌子沒有生命，是具體的物，不能寫成 table's。

馬上試試看②　>>>

世界上有許多無生命的東西，它們的所有格該如何表達呢？

1. 籃子（**basket**）的把手（**handle**）是好的。

_____

2. 戒指（**ring**）上的鑽石（**diamond**）是漂亮的。

_____

3. 教室的牆壁是髒的。

_____

4. 杯子（**cup**）的蓋子（**cap**）是黑色的。

_____

5. 句子（**sentence**）中的這個字（**word**）是錯的。

_____

6. 房間的鑰匙是錯的。

_____

7. 毛巾（**towel**）上的污點（**spot**）是綠色的。

_____

8. 錶（**watch**）上的玻璃（**glass**）是新的。

_____

馬上試試看①

1. The / That student is poor.

2. The / This doctor is rich.

3. The / That dog is weak.

4. The / Those nurses are patient.

5. The / These persons are wrong.

馬上試試看②

1. The handle of the basket is good.

2. The diamond (s) of the ring is (are) beautiful.

3. The walls of the classroom are dirty.

4. The cap of the cup is black.

5. The word of the sentence is wrong.

6. The key of the room is wrong.

7. The spot of the towel is green.

8. The glass of the watch is new.

Lesson 22

連接詞 *but*、*and*、*or* 的用法

The table **is old, but it is clean.**

這／張餐桌是舊的，但它是乾淨的。

英文和中文，哪裡不一樣？

　　之前我們學過連接詞「because」，主要用於連接前後兩句為一句，讓前後句整合起來的語意更加完整。其實英文裡還常用到其他一些連接詞，如 but（但是）、and（而且）、or（或者）等，而這幾個連接詞，也可以連接句子或字詞。讓我們也來認識 but, and, or 的用法吧！

 連接詞 but＝但是，常用於連接兩個有轉折語氣，或意思不對等的句子。

重點分析

　　but 主要用來連接兩個有轉折語氣，或意思不對等的句子。例如，他是貧窮的，但他是開心的。其實在語義上和中文沒有太大差別，所以不太會被誤用。

比利是貧窮的，但他是開心的。

中文：比利是貧窮的，但他是開心的。
英文：比利是貧窮的（＋，）＋但是＋他是開心的
＝Billy is poor, but he is happy.（○）

常見錯誤

Billy is poor(,) but he is unhappy.（✕）
but 必須連接前後意思相反的句子。另外，but 前面通常會加上逗號，但若句意清楚也可不加！

【but 前後必須是意思相反的句子】

✗ I am sick, (but) I am in bed.

→ 我生病了，但我躺在床上。

生病本來就該在床上休息。

✓ I am sick, (but) I am happy.

→ 我生病了，但我很快樂。

啦啦啦♪♬

40°C

（糟糕！是不是燒過頭了？）

馬上試試看①

看看下面題目中的句子，練習使用 but！

1. 那個杯子是新的，但它是髒的。

2. 我的收音機是舊的，但它是好的。

_____

3. 那名男服務生是窮的，但他是親切的。

_____

4. 那位醫生是富有的，但他是自私的。

_____

5. 這個花園是小的，但它是漂亮的。

_____

 連接詞 and 表示「而且，和」，可用於連接兩個意思對等的字詞或句子。

重點分析

and 也是連接詞，不過和 but 不同的是，and 用來連接兩個意思對等的字詞或是句子。另外，and 在中文裡有兩種說法。第一是「而且」的意思，第二是「和」的意思，請見以下例句進一步說明。

> **分析 1**：and 表示「而且」時
> 　　　高「而且」聰明＝又高又聰明
> 　　　　　　　　　＝tall and smart

> **分析 2**：and 表示「和」時
> 　　　我姐姐「和」你哥哥＝my sister and your brother

例句分析 1

那個學生是又高又聰明的。

中文：那個學生是又高又聰明的。

英文：那個學生＋是＋高而且聰明的

　　　＝That student is tall and smart.（○）

（and 用來連接兩個「意思對等」的形容詞。）

我姐姐和你哥哥是忙碌的。

中文：我姐姐和你哥哥是忙碌的。

英文：我姐姐＋和＋你哥哥＋是忙碌的

　　＝My sister and your brother are busy.（○）

常見錯誤

My sister and your brother is busy.（✕）

「我姐姐和你哥哥」代表有兩個人，所以要用 are，不能用 is！

例句分析 3

你妹妹是高的，而且你妹妹是聰明的。

中文：你妹妹是高的，而且你妹妹是聰明的。

英文：你妹妹是高的＋（，＋）而且＋你妹妹是聰明的

　　＝Your sister is tall (,) and your sister is smart.（○）

（and 用來連接兩個句子時，前面通常會加上逗號。）

馬上試試看② ▶▶▶

在開始回答問題前，別忘了 and 連接的兩個字詞詞性都要一樣的哦！

1. 那位年輕人（young person）是又胖又髒的。

_____

2. 這隻狗是又乾淨又聰明的。

_____

3. 我們的父母是又生氣又傷心的。

_____

4. 瑪麗和約翰是好學生。

_____

5. 你媽媽和我姑姑是女服務生。

_____

6. 這隻貓和那隻狗是懶惰的。

_____

7. 他們的臥室和廚房是骯髒的。

_____

8. 你的房間是小的而且它房間是髒的。

_____

9. 我的狗是大的而且牠是聰明的。

_____

 連接詞 or 表示「或是，或者」。

重點分析

　　or 也是連接詞，意思是「或是，或者」。or 常用來表達「二選一」的概念。另外要特別注意的是，這個「二選一」的語調，要先上升後下降。

分析　　胖「或是」瘦
　　　　　　=fat or thin
　　　　　　二選一的語調：fat 的音調要上升，然後 thin 再下降！

例句分析

你的兒子是高還是矮呢？

中文：你的兒子是高的還是矮的呢？
英文：你的兒子＋是＋高的還是矮的呢
　　　=Is your son tall or short?（○）
（二選一的語調：tall 的音調要上升，然後 short 再下降！）

用 or 連接的兩個字詞，詞性必須一致，這樣才會對等。一定要小心！

1. 那些小孩是乾淨的還是髒的呢？

_____

2. 那些筆是我們的還是他們的呢？

_____

3. 這間臥室是我們的還是他們的呢？

_____

4. 這個手錶是新的或是舊的呢？

_____

5. 那間教室是大的還是小的呢？
   （large 是空間上的大，與 big 是體積上的大意思不同）

_____

 參考答案

馬上試試看①

1. The / That cup is new, but it is dirty.

2. My radio is old, but it is good.

3. The / That waiter is poor, but he is kind.

4. The / That doctor is rich, but he is selfish.

5. The / This graden is small, but it is beautiful.

- -

馬上試試看②

1. That young person is fat and dirty.

2. This dog is clean and smart.

3. Our parents are angry and sad.

4. Mary and John are good students.

5. Your mother and my aunt are waitresses.

6. This cat and that dog are lazy.

7. Their bedroom and kitchen are dirty.

8. Your room is small, and it is dirty.

9. My dog is big, and it is smart.

馬上試試看③

1. Are those children clean or dirty?

2. Are those pens ours or theirs?

3. Is this bedroom ours or theirs?

4. Is this watch new or old?

5. Is that classroom large or small?

連接詞 although 及 so 的用法

Although he is rich, he is selfish.
雖然他是富有的，但他是自私的。

英文和中文，哪裡不一樣？

　　「although」為連接詞，意思是「雖然」，although 的用法和 because 一樣，它們都像是兩節車廂之間的掛鉤，都可以放在「句首」和「兩句中間」來連接子句，成為一整個句子。另外要注意的是，中文說「雖然…但是…」，但英文卻只說「雖然……」後面不會加「但是」，這點要特別注意！

 必學重點1 although 可放在句首＝「Although＋句 1＋,＋句 2」

重點分析

　　although 可放在句首當火車頭，後面掛著兩節車廂，將兩個句子連成一句。所以當「although」放在句首時，形成「Although＋句 1＋,＋句 2」的句型。

書　　號：12127EB04

書　　名：一步步跟著學！自然懂
　　　　　的英文文法

作　　者：邱律蒼

出 版 社：國際學村

書　　局：大大書局南投

定　　價：＄399　　數量：8

日　　期：　10年　12月　07日

是⋯」，翻成英文時不能說 "Although...,
只要一個連接詞連接即可，不可用兩個連接詞去
文裡 although 絕對不會和 but 一起用喔！

例句分析

雖然我是貧窮的，但我是快樂的。

中文：雖然我是貧窮的，（但）我是快樂的。

英文：雖然＋我是貧窮的＋，＋我是快樂的。

　　　＝Although I am poor, I am happy.（○）

　　　＝I am poor, but I am happy.（○）

（兩個句子**只要一個連接詞**連接即可）

常見錯誤

Although I am poor, but I am happy.（✗）

在英文裡，although 絕對不會和 but 連用。

 必學重點2 although 也可以放在句中：「句 1(,)＋although＋句 2」，另外，althongh 連接前後兩個語意轉折（表示「讓步」）的句字。

重點分析

　　although 可放句中，將前後兩個句子連成一句。所以當「although」放在句中時，形成「句 1(,)＋although＋句 2」的句型。

例句分析

我是快樂的，雖然我是忙碌的。

中文：我是快樂的，雖然我是忙碌的。

英文：我是快樂的＋雖然＋我是忙碌的

=I am happy(,) although I am busy.（○）

常見錯誤

I am happy, although I am not busy.（×）

although 前後必須連接兩個語意轉折的句字。

馬上試試看①

　　別忘記，有 although 就不會有 but，有 but 就不會有 although，千萬別讓它們同時出現在一個句子裡！

1. 雖然這台鋼琴是好的，但它是舊的。

_____

2. 雖然我哥哥是聰明的，但他是自私的。

_____

3. 雖然那個新郵差是笨的，但他是體貼的（**nice**）。

_____

4. 雖然那個司機是健康的，但他是瘦的。

_____

5. 這架鋼琴是好的，雖然它是舊的。

_____

6. 我哥哥是自私的，雖然他是聰明的。

_____

7. 那個新郵差是體貼的，雖然他是笨的。

_____

8. 那個司機是瘦的，雖然他是健康的。

_____

必學重點 **3**

- *so* 是連接詞，表示「所以」。

- so 的用法
  →中文用法：「因為……所以」。
  →英文用法：「..., so...」，because 和 so 不能一起使用！

重點分析

　　中文會說「因為…所以…」，但英文句子必須前面沒有「因為」，後面才能用「所以」（兩個句子**只要一個連接詞**連接即可）。因此，在英文裡 because 和 so 絕對不能連用。另外，so 和 and、but 一樣，為了讓語意更加清楚，通常前面會加上逗號。

例句分析

他生病了（sick），所以他是虛弱的（weak）。

中文：他生病了，所以他是虛弱的。
英文：他是生病的(,)＋所以＋他是虛弱的
　　　＝He is sick, so he is weak.（○）

常見錯誤

Because he is sick(,) so he is weak.（✕）
because 和 so 不能連用。

對錯分析

Because he is sick, so he is weak.（✕）
He is sick, so he is weak.（○）
Because he is sick, he is weak.（○）

發現了嗎？「because 與 so」和「although 與 but」一樣，都不能出現在同一個句子裡。下面的句子中只要用 so 就可以！

1. 他健康，所以他快樂。

_____

2. 她生病了，所以她是疲倦的。

_____

3. 這手錶是好的，所以它是昂貴的。

_____

4. 那台鋼琴是舊的，所以它是便宜的。

_____

5. 那條狗是生病的，所以牠是虛弱的。

_____

 參考答案

馬上試試看①

1. Although the / this piano is good, it is old.

2. Although my brother is smart, he is selfish.

3. Although the / that new postman is stupid, he is nice.

4. Although the / that driver is healthy, he is thin.

5. The / This piano is good although it is old.

6. My brother is selfish although he is smart.

7. The / That new postman is nice although he is stupid.

8. That driver is thin although he is healthy.

馬上試試看②

1. He is healthy, so he is happy.

2. She is sick, so she is tired.

3. The / This watch is good, so it is expensive.

4. The / That piano is old, so it is cheap.

5. The / That dog is sick, so it is weak.

There be 的用法與數字的寫法

There is a television in the living room.

客廳裡有一部電視。

英文和中文，哪裡不一樣？

There is 照字面意思是「…在那裡」，中文通常翻成「有…」是一種「存在」的概念。而英文的「字序」正好和中文相反。在上面標題句子「客廳裡有一部電視」，就可以看成是「有一部電視在客廳裡」的意思。另外，既然「There is」的 be 動詞是 is，當然後面就要接單數名詞 television。

 There is 是「有…」、「…存在著…」的意思，後接單數名詞。

重點分析

There is 要表達的是「**單數的存在**」，因此後面要接單數名詞。另外，There is... 改成疑問句時，和之前所學過的疑問句一樣，都是將 be 動詞 is 放到句首。記得疑問句句尾語調要上揚！

有一隻鳥在你的書桌上。

中文：有一隻鳥在你的書桌上。

英文：有＋一隻鳥＋在你的書桌上

　　＝There is a bird on your desk.（○）

常見錯誤

There has a bird on your desk.（×）

has（有）的主詞不能是 there。（there 本身就不是主詞了）

例句分析 2

有一隻鳥在你的書桌上嗎？

中文：有一隻鳥在你的書桌上嗎？

英文：有＋一隻鳥＋在你的書桌上嗎

　　＝Is there a bird on your desk?（○）

（將 is 移到句首，就可以形成疑問句。）

馬上試試看① ▶▶▶

在卜面的題目中你曾看到肯定句和疑問句，但無論是哪一個，都別讓句子中出現兩個動詞！

1. 有一隻鳥在你的書桌上。

_____

2. 有一隻鳥在你的書桌上嗎？

_____

3. 有一隻貓在我們的餐桌上。

_____

4. 有一隻貓在我們的餐桌上嗎？

_____

5. 有一隻狗在你的臥室裡。

---

6. 有一隻狗在你的臥室裡嗎？

---

7. 有一個年輕人在你的房子裡。

---

8. 有一個年輕人在你的房子裡嗎？

---

9. 有一個嬰兒在他們的房間裡。

---

10. 有一個嬰兒在他們的房間裡嗎？

1	2	3	4	5	6
one	two	three	four	five	six

7	8	9	10	11	12
seven	eight	nine	ten	eleven	twelve

13	14	15	16	17	18
thirteen	fourteen	fifteen	sixteen	seventeen	eighteen

19	20	21	22	23	24
nineteen	twenty	twenty-one	twenty-two	twenty-three	twenty-four

25	26	27	28	29	30
twenty-five	twenty-six	twenty-seven	twenty-eight	twenty-nine	thirty

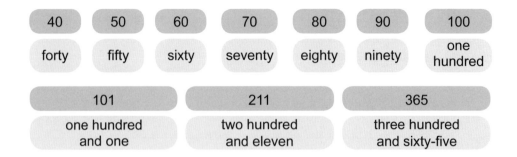

40	50	60	70	80	90	100
forty	fifty	sixty	seventy	eighty	ninety	one hundred

101	211	365
one hundred and one	two hundred and eleven	three hundred and sixty-five

重點分析

英文裡表達數字的 hundred 可以是**名詞**或**形容詞**，意思是「一百（的）」。另外，hundred 雖然表示一百，卻不需要加 -s，因為 hundred 是一個「單位」的概念。那麼要如何用「兩個一百」（200）來表達呢？可以用「two hundred＋複數名詞」或「two hundreds of...」。

> **注意**
>
> hundred 的用法：
> 100＝one hundred＝一個「一百」（hundred 不用加 s）
> 200＝two hundred＝兩個「一百」（hundred 不用加 s）
> （純粹表達數字的 hundred 都不加 s，但後面如果接名詞時，一定要用複數）

 必學重點 3 There are 表示「多數的存在」，後面要接複數名詞。

重點分析

There are 要表達的是「多數的存在」，因此後面要加上複數名詞。除此之外，There are 的用法和 There is 的用法完全相同。There are 只要將 are 移到句首，就可以形成疑問句了！

例句分析 1

有 3 隻貓在我的書桌上。

中文：有 3 隻貓在我的書桌上。

英文：有＋3 隻貓＋在我的書桌上

=There are three cats on my desk.（○）

常見錯誤

There have three cats on my desk.（✗）

have（有）的主詞不能是 there。

例句分析 2

有 27 支筆在我的書桌上嗎？

中文：有 27 支筆在我的書桌上嗎？

英文：有＋27 支筆＋在我的書桌上嗎

=Are there twenty-seven pens on my desk?（○）

馬上試試看②

下面的句子都涉及數字，一定要練熟啊！

1. 有 3 本書在你的書桌上。

_____

2. 有 3 本書在你的書桌上嗎？

_____

3. 有 16 隻貓在我們的餐桌上。

_____

4. 有 16 隻貓在我們的餐桌上嗎？

_____

5. 有 47 個年輕人在你的房子裡。

_____

6. 有 47 個年輕人在你的房子裡嗎？

_____

7. 有 89 顆雞蛋在他們的廚房裡。

_____

8. 有 89 顆雞蛋在他們的廚房裡嗎？

_____

9. 有 115 隻狗在你的花園裡。

_____

10. 有 115 隻狗在你的花園裡嗎？

_____

 參考答案

馬上試試看①

1. There is a bird on your desk.
2. Is there a bird on your desk?
3. There is a cat on our table.
4. Is there a cat on our table?
5. There is a dog in your bedroom.
6. Is there a dog in your bedroom?
7. There is a young person in your house.
8. Is there a young person in your house?
9. There is a baby in their room.
10. Is there a baby in their room?

- -

馬上試試看②

1. There are three books on your desk.
2. Are there three books on your desk?
3. There are sixteen cats on our table.
4. Are there sixteen cats on our table?
5. There are forty-seven young persons in your house.
6. Are there forty-seven young persons in your house?
7. There are eighty-nine eggs in their kitchen.
8. Are there eighty-nine eggs in their kitchen?
9. There are one hundred and fifteen dogs in your garden.
10. Are there one hundred and fifteen dogs in your garden?

Lesson 25

動詞 have 的用法與三大人稱

I have a beautiful cat.

我有一隻漂亮的貓。

英文和中文，哪裡不一樣？

　　前面我們學到的「有…」是 there be...，表示「（地方）有…」，主詞是比動詞後面的名詞。現在要來認識另一個「有」，也就是 have，它用來表示「（人）擁有…」。除了**主詞不同**之外，這兩個「有」的差別也在於 there be 是靜態的，而 have 卻是動態的。現在我們就來認識「have＝擁有」的用法吧！

 必學重點 have（動詞）＝擁有。主詞通常是「人」。

重點分析①

　　英文句子一定要有動詞，而常見的 be 動詞 am / are / is＝「是」的意思。例如，「我是一位學生」中的「是」就屬於 be 動詞。而 have 屬於一般動詞，是「擁有」的意思。例如，「我有一隻貓」中的「有」＝「擁有」，也就是「have」。

英文裡一個句子只能有一個動詞，因此 is 和 have 不能同時出現在同一句子（子句）裡，要注意！

我有一隻貓。

中文：我有一隻貓。

英文：我＋擁有＋一隻貓

　　　＝I have a cat.（○）

（這裡的「有」是「（人）擁有」的意思，所以要用 have。）

I am have a cat.（X）

英文裡一個句子只能有一個動詞，這句要用 have 當動詞，所以就不需要 am 了。

重點分析②

　　一般動詞和 be 動詞（am / are / is ...）一樣，都要配合「你、我、他」的主詞而有不同的寫法。所謂的「你們、我們、他們」就是英文裡的「人稱」，其中「（我）們」代表第一人稱，「你（們）」代表第二人稱，而除此以外的就稱為第三人稱。

have 會隨著不同人稱而有不同寫法，當遇到第三人稱單數時，「have」必須改成「has」。剛提到「我（們）／你（們）」以外都算是第三人稱，所以「他（們）／她（們）／它（們）／這個老師／同學們／瑪麗／醫生們……」，都算是第三人稱，由此可知第三人稱包含了單數和複數名詞，而只有在第三人稱是單數時，「have」才改成「has」。

人稱分類	第一人稱	第二人稱	第三人稱（單數）	第三人稱（複數）
主詞	I 我／we 我們	you 你（們）	我／你以外	我／你以外
動詞變化	have	have	has	have

例句分析 1

你有一隻貓。

中文：你有一隻貓。

英文：你＋擁有＋一隻貓

=You have a cat.（○）

（第二人稱和第一人稱一樣，都要用 have！）

常見錯誤

You are have a cat.（✗）

英文裡一個句子只能有一個動詞，這句要用 have 當動詞，所以就不需要 are 了。

例句分析 2

他有一隻貓。

中文：他有一隻貓。

英文：他＋擁有＋一隻貓

=He has a cat.（○）

（第三人稱單數，要把 have 改成 has！）

常見錯誤

He is have a cat.（✗）

第三人稱單數，要把 have 改成 has；這句要用 has 當動詞，所以就不需要 is 了。

這男孩有一隻貓。

中文：這個男孩有一隻貓。

英文：這個男孩＋擁有＋一隻貓

　　　=This boy has a cat.（○）

（This boy 是第三人稱單數，要把 have 改成 has！）

常見錯誤

This boy is have a cat.（X）

第三人稱單數，要把 have 改成 has；這句要用 has 當動詞，所以就不需要 is 了。

例句分析 4

那些女孩有一隻貓。

中文：那些女孩有一隻貓。

英文：那些女孩＋擁有＋一隻貓

　　　=These girls have a cat.（○）

（These girls 是第三人稱複數，和第一人稱一樣，都要用 have。）

常見錯誤

These girls are has a cat.（X）

第三人稱複數和第一人稱一樣，要用 have；這句要用 have 當動詞，所以就不需要 are 了。

馬上試試看 ▶▶▶

　　下面就來試試看 have 和 there be 兩者的差別吧！雖然中文都會說「有」，但英文的說法可是不一樣的。

1. 我有一艘舊船（**an old boat**）。

_____

2. 有一艘舊船在車庫（**garage**）裡。

_____

3. 你有一把新的刀子。

_____

4. 有一把新刀在桌子底下（**under**）。

_____

5. 他有一條紅色的領帶（**tie**）。

_____

6. 有一條紅色的領帶在椅子上。

_____

7. 她有兩支漂亮的手錶。

_____

8. 有兩支漂亮的手錶在廚房裡。

_____

9. 那個男孩有 3 顆氣球。

_____

10. 有 3 顆氣球在房子上面（**above**）。

_____

11. 這女孩有 4 條藍色的裙子。

_____

12. 有 4 條藍色的裙子在客廳裡。

_____

13. 他們有 11 隻老虎。

_____

14. 有 11 隻老虎在動物園（**zoo**）裡。

_____

15. 我們有 45 隻大象。

_____

16. 有 45 隻大象在（**at**）車站。

___

17. 那些人有 119 輛公車。

___

18. 有 119 輛公車在這工廠（**factory**）裡。

___

19. 這些小孩有 4 把新的雨傘。

___

20. 有 4 把新的雨傘在窗戶（**window**）旁邊（**beside**）。

___

 參考答案

馬上試試看

1. I have an old boat.（old 開頭是母音，要和 an 搭配）
2. There is an old boat in the garage.
3. You have a new knife.
4. There is a new knife under the table.
5. He has a red tie.
6. There is a red tie on the chair.
7. She has two beautiful watches.
8. There are two beautiful watches in the kitchen.
9. That boy has three balloons.
10. There are three balloons above the house.
11. The / This girl has four blue skirts.
12. There are four blue skirts in the living room.
13. They have eleven tigers.
14. There are eleven tigers in the zoo.
15. We have forty-five elephants.
16. There are forty-five elephants at the station.
17. The / Those people have one hundred and nineteen buses.
18. There are one hundred and nineteen buses in the factory.
19. These children have four new umbrellas.
20. There are four new umbrellas beside the window.

動詞 teach 的用法、主格與受格

I teach him English.

我教他英文。

英文和中文，哪裡不一樣？

動詞「teach」意思是「教，教學」，通常「teach」後面都會有物件（受詞）。而「承受動作」的人稱，和前面所學的第一至第三人稱寫法有所不同。承受動作的人稱，稱為「受格」。因此這一課，除了要瞭解「teach」的用法外，還要知道 teach 後面的受格要如何表示。

 必學重點　動詞 teach＝教
主詞（人）＋teach＋受詞 1（人）＋受詞 2（英文科目）

重點分析

teach 後面可以有兩個受詞，也可以只有一個受詞。另外，teach 和上一課所學到的 have 一樣，都會隨著不同人稱而有不同寫法。當遇到第三人稱單數時，「have」必須改成「has」，而「teach」則必須改成「teaches」。

關於動詞，必須先瞭解何為「主格／詞」，何為「受格／詞」。簡單地講，「主詞」就是主動做出動作的人，而「受詞」就是承受動作的人或東西。這樣才能形成「主詞」＋teach＋「受詞」的句子。例如，「我教你」、「他教我」、「你教他」等。

主格／受格寫法對照表

	我	你	他	她	它	我們	你們	他們
主格	I	you	he	she	it	we	you	they
受格	me	you	him	her	it	us	you	them

例句分析 1

我教他英文。

中文：我教他英文。

英文：我＋教＋他＋英文（科目）

　　　＝I teach him English.（○）

（「我」是主格，做出教學動作，要用 I。「他」是受格，承受教學動作，要用 him。）

常見錯誤

I teach he English.（X）

「他」是受格，承受教學的動作，所以要用 him。

例句分析 2

他教我英文。

中文：他教我英文。

英文：他＋教＋我＋英文（科目）

　　　＝He teaches me English（○）

（「他」是主格，要用 he。「我」是受格，承受教學動作，要用 me。）

常見錯誤

He teach I English.（✗）

「他」是第三人稱單數，teach 必須改成 teaches。「我」是受格，承受教學動作，要用 me。

例句分析 3

我們教她英文。

中文：我們教她英文。

英文：我們＋教＋她＋英文（科目）

　　　＝We teach her English.（○）

（「我們」是主格，要用 we。「她」是受格，承受教學動作，要用 her。）

常見錯誤

We teaches she English.（✗）

「我們」是第三人稱複數，和第一人稱一樣，都要用 teach。「她」是受格，承受教學動作，要用 her。

馬上試試看 ＞＞＞

　　重複練習下面的句子，就一定能將 teach 的用法牢牢記住，同時也可以練習各種主詞、受詞的用法！

1. 我教你英文（English）。

_____

2. 你教我英文。

_____

3. 他教他英文。

_____

4. 她教他數學（math）。

_____

5. 她教她數學。

_____

6. 他教她數學。

_____

7. 我教你們歷史（history）。

_____

8. 他們教我們歷史。

_____

9. 我們教他們歷史。

_____

10. 你的老師教我們藝術（art）。

_____

11. 我的媽媽教你藝術。

_____

12. 她的姐姐教他們藝術。

_____

13. 你們的醫生教我音樂（music）。

_____

14. 我們的老師教他們音樂。

_____

15. 他們的爸爸教我們音樂。

_____

參考答案

馬上試試看

1. I teach you English.

2. You teach me English.

3. He teaches him English.

4. She teaches him math.

5. She teaches her math.

6. He teaches her math.

7. I teach you history.

8. They teach us history.

9. We teach them history.

10. Your teacher teaches us art.

11. My mother teaches you art.

12. Her sister teaches them art.

13. Your doctor teaches me music.

14. Our teacher teaches them music.

15. Their father teaches us music.

助動詞 *do* 和 *does* 的用法

Do you teach him English?

你教他英文 ？

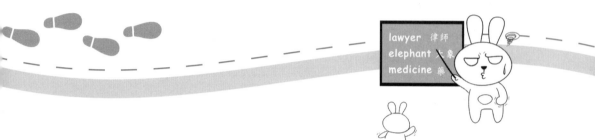

英文和中文，哪裡不一樣？

一般疑問句只要將 be 動詞 am / are / is 移到句首，就能形成疑問句了。但是一般動詞（have / teach...）的疑問句，並沒有 am / are / is，所以這時就需要助動詞 do 來取代 am / are / is 幫忙形成疑問句。本課的重點就在於瞭解助動詞是如何協助形成疑問句的。

 必學重點

do 幫助句子形成疑問句，稱為「助動詞」。

遇到第三人稱單數時，助動詞 do 要改成 does。

使用助動詞時，後面的動詞要「打回原形」。

重點分析

要將一般動詞的句子改成疑問句，只需將原先句子的句首放上 Do 就完成了，當然句尾語調一樣要上揚表示疑問。但要注意，當句子的「主格」，也就是「做出動作的人」是第三人稱單數時，助動詞 Do 則必須改成 Does，而助動詞後面的動詞則要「打回原形」，這點會在下面例句詳細分析！

助動詞 do / does 和使用人稱的對照表

助動詞	我	你	我們	你們	他們
Do	Do I	Do you	Do we	Do you	Do they

助動詞	他	她	它	我弟弟	你姐姐
Does	Does he	Does she	Does it	Does my brother	Does your sister

例句分析 1

我有一本書嗎？

Step 1 先想肯定句

中文：我有一本書。

英文：我＋擁有＋一本書

=I have a book.（○）

Step 2 利用助動詞 do 改成疑問句

中文：我有一本書嗎？

英文：Do＋我＋擁有＋一本書

=Do I have a book?（○）

（將助動詞 do 放在句首，變成疑問句。注意句尾語調必須上揚。）

他有一本書嗎？

Step 1 先想肯定句

中文：他有一本書。

英文：他＋擁有＋一本書

=He has a book. （「他」是第三人稱單數，have 必須改成 has。）

Step 2 「他」是第三人稱單數，要將助動詞 Do 改成 Does

中文：他有一本書嗎？

英文：Does＋他＋擁有＋一本書

=Does he have a book? （○）

常見錯誤

Do he has a book? （╳）

「他」是第三人稱單數，助動詞 do 必須改成 does，助動詞後面的 has
要打回原形＝have。

例句分析 3

她教我英文嗎？

Step 1 先想肯定句

中文：她教我英文。

英文：她（主格）＋教＋我（受格 1）＋英文（受格 2）

=She teaches me English.

Step 2 「她」是第三人稱單數，要將助動詞 do 改成 does

中文：她教我英文嗎？

英文：Does＋她（主格）＋教＋我（受格 1）＋英文（受格 2）

=Does she teach me English? （○）

常見錯誤

Do she teaches me English?（X）

「她」是第三人稱單數，助動詞 do 必須改成 does，助動詞後面的
teaches 要打回原形＝teach。

馬上試試看 ≫≫

　　經過上一課和這一課的練習，相信你對 teach 的用法一定不陌生了。但下面
的練習主要針對 do 和 does 的用法，所以別只顧著研究 teach 怎麼用哦！

1. 我教你英文。

_____

2. 我教你英文嗎？

_____

3. 你教我英文。

_____

4. 你教我英文嗎？

_____

5. 他教他英文。

_____

6. 他教他英文嗎？

_____

7. 她教他數學。

_____

8. 她教他數學嗎？

_____

9. 她教她數學。

_____

10. 她教她數學嗎？

_____

11. 他教她數學。

_____

12. 他教她數學嗎？

_____

13. 我教你歷史。

_____

14. 我教你歷史嗎？

_____

15. 他們教我們歷史。

_____

16. 他們教我們歷史嗎？

_____

17. 我們教他們歷史。

_____

18. 我們教他們歷史嗎？

_____

19. 你的老師教我們美術。

_____

20. 你的老師教我們美術嗎？

_____

21. 我媽媽教你們美術。

_____

22. 我媽媽教你們美術嗎？

_____

23. 她姐姐教他們美術。

_____

24. 她姐姐教他們美術嗎？

_____

25. 你的醫生教我音樂。

_____

26. 你的醫生教我音樂嗎？

_____

27. 我們的老師教他們音樂。

_____

28. 我們的老師教他們音樂嗎？

_____

29. 他們的爸爸教我們音樂。

_____

30. 他們的爸爸教我們音樂嗎？

_____

 參考答案

馬上試試看

1. I teach you English.

2. Do I teach you English?

3. You teach me English.

4. Do you teach me English?

5. He teaches him English.

6. Does he teach him English?

7. She teaches him math.

8. Does she teach him math?

9. She teaches her math.

10. Does she teach her math?

11. He teaches her math.

12. Does he teach her math?

13. I teach you history.

14. Do I teach you history?

15. They teach us history.

16. Do they teach us history?

17. We teach them history.

18. Do we teach them history?

19. Your teacher teaches us art.

20. Does your teacher teach us art?

21. My mother teaches you art.

22. Does my mother teach you art?

23. Her sister teaches them art.

24. Does her sister teach them art?

25. Your doctor teaches me music.

26. Does your doctor teach me music?

27. Our teacher teaches them music.

28. Does our teacher teach them music?

29. Their father teaches us music.

30. Does their father teach us music?

Lesson 28

肯定回答的表達

Yes, I teach him English.

是的，我教他英文。

英文和中文，哪裡不一樣？

　　Yes 是「是的」的意思，主要放於句首，用來回答表示「同意或肯定」。當面對「你教他英文嗎？」這個問題時，我們通常會用「是的，我教他英文」來做為肯定的回答。不過，還有一種更簡單的回答方式，就是利用助動詞 do 來做簡單回答，如「是的，我是」。所以 do 還可以用來取代「所做的事情」，代表「是」的意思。要注意的是，這裡的「是」不是用 am，而是用 do。

 do 除了可當助動詞之外，在簡答時，還可用來取代「所做的事情」，代表「是」的意思。

重點分析

　　當我們需要簡單回答時，可以用 do 來取代「所做的事情」，代表「是」的意思。因此肯定回答時，我們只需要說「Yes, I do.」就可以了。這樣的目的在於避免重複敘述「所做的事情」。如果遇到「主格」也就是「主動做出動作的人」是第三人稱單數這種情況時，就要使用 does，如「Yes, he does.」。

例句分析 1

你教他英文嗎？

是的，我是。

中文：你教他英文嗎？

英文：Do＋你＋教＋他＋英文

　　　＝Do you teach him English?（○）

常見錯誤

Do you teach he English?（✗）

「他」是受格，承受教學動作，要用 him。

中文：是的，我是。

英文：是的，我＋do

　　　＝Yes, I do.（○）

常見錯誤

Yes, I am.（✗）

be 動詞的問句，才用 be 動詞回答。

例句分析 2

那個老師教我們英文嗎？

是的，他是。

中文：那個老師教我們英文嗎？

英文：Does＋那個老師＋教＋我們＋英文

　　　＝Does that teacher teach us English?（○）

Do that teacher teaches we English?（X）

「老師」是第三人稱單數，助動詞要用 does；助動詞後面的 teaches 要打回原形＝teach；「我們」是受格，承受教學動作，要用 us。

中文：是的，他是。

英文：是的，他＋does

＝Yes, he does.（○）

Yes, he is.（X）

be 動詞的問句，才用 be 動詞回答，一般動詞的問句，要用助動詞 does 回答。

馬上試試看

除了會回答 Yes, I do. 以外，其他的肯定回答方式也要學起來。

1. 我教你英文。

2. 我教你英文嗎？

3. 是的，你是。

4. 你教我英文。

5. 你教我英文嗎？

6. 是的，我是。

7. 他教她英文。

_____

8. 他教她英文嗎？

_____

9. 是的，他是。

_____

10. 她教他數學。

_____

11. 她教他數學嗎？

_____

12. 是的，她是。

_____

13. 他們教我們歷史。

_____

14. 他們教我們歷史嗎？

_____

15. 是的，他們是。

_____

16. 我們教他們歷史。

_____

17. 我們教他們歷史嗎？

_____

18. 是的，我們是。

_____

19. 你們教他們歷史。

_____

20. 你們教他們歷史嗎？

_____

21. 是的，我們是。

_____

馬上試試看

1. I teach you English.

2. Do I teach you English?

3. Yes, you do.

4. You teach me English.

5. Do you teach me English?

6. Yes, I do.

7. He teaches her English.

8. Does he teach her English?

9. Yes, he does.

10. She teaches him math.

11. Does she teach him math?

12. Yes, she does.

13. They teach us history.

14. Do they teach us history?

15. Yes, they do.

16. We teach them history.

17. Do we teach them history?

18. Yes, we do.

19. You teach them history.

20. Do you teach them history?

21. Yes, we do.

Lesson 29

否定句中的 *don't / doesn't* 的用法

No, I don't teach him English.
不，我沒有教他英文。

英文和中文，哪裡不一樣？

　　No 是「不」的意思，也常置於句首，用來表達「不同意或否定」。當我們以否定來回答時，也可以利用助動詞 do 來做簡答，如「No, I don't（＝do not）.」，也就是「不，我沒有」、「不，我不是」的意思。

 必學重點　我「沒有」＝我「不是」＝I don't

重點分析

　　當需要簡單回答時，可以用 do 取代「所做的事情」，來代表「是」的意思，因此肯定回答時，我們只需要說「Yes, I do.」。而否定回答時，句中再加一個 not，變成「No, I don't.＝do not」。另外，若遇到「主格」也就是「主動做出動作的人」是第三人稱單數時，就要使用 does，變成「No, he/she doesn't.」。

do not 為了簡便，可以結合成一個字＝don't，而 does＋not 就等於 doesn't 了！之前學過助動詞後面的動詞要「打回原形」，因此遇到「主格」是「第三人稱單數」的否定句時，句中 doesn't 後面的動詞記得要打回原形！例如「He teaches English.」的否定句，要改成「He doesn't teach English.」，將 teaches 打回原形＝teach，也就是第一人稱的寫法。

例句分析 1

你教他數學嗎？
不，我沒有（不是）教他數學。（詳細回答）
不，我沒有（不是）。（簡單回答）

中文：你教他數學嗎？
英文：Do＋你＋教＋他＋數學
　　　＝Do you teach him math?（○）

常見錯誤

Do you teach he math?（╳）

「他」是受格，承受教學動作，要用 him。

中文：不，我沒有／不是教他數學。
英文：No，我＋沒有／不是＋教＋他＋數學
　　　＝No, I don't teach him math.（○）
中文：不，我沒有／不是。
英文：No，我＋沒有／不是
　　　＝No, I do not.（○）
　　　＝No, I don't.（○）

例句分析 2

他教你數學嗎？

不，他沒有／不是教我數學。（詳細回答）

不，他沒有／不是。（簡單回答）

中文：他教你數學嗎？

英文：Does＋他＋教＋你＋數學

　　　＝Does he teach you math?（○）

常見錯誤

Does he teaches you math?（ｘ）

助動詞 does 後面的 teaches 要打回原形＝teach。

中文：不，他沒有／不是教我數學。

英文：No，他＋沒有／不是＋教＋我＋數學

　　　＝No, he doesn't teach me math.（○）

常見錯誤

No, he doesn't teaches I math.（ｘ）

助動詞 does 後面的 teaches 要打回原形＝teach；「我」是受詞，承受教學動作，要用 me。

中文：不，他沒有／不是。

英文：No，他＋沒有／不是

　　　＝No, he does not.（○）

　　　＝No, he doesn't.（○）

No, he don't.（X）

he 是第三人稱單數，要使用助動詞 does，因此 does＋not＝doesn't。

馬上試試看 ▶▶▶

有沒有覺得 don't 的用法比 do 更難？多練習幾次，就掌握了！

1. 你有（一隻）狗嗎？

_____

2. 不，我沒有。

_____

3. 我沒有（一隻）狗。

_____

4. 他有（一支）筆嗎？

_____

5. 不，他沒有。

_____

6. 他沒有（一支）筆。

_____

7. 他教我們英文嗎？

_____

8. 不，他沒有。

_____

9. 他沒有教我們英文。

_____

10. 你爸爸教我們數學嗎？

_____

11. 不，他沒有。

_____

12. 他沒有教我們英文。

_____

13. 他們教你美術嗎？

_____

14. 不，他們沒有。

_____

15. 他們沒有教我美術。

_____

 參考答案

馬上試試看

1. Do you have a dog?

2. No, I don't.

3. I don't have a dog.

4. Does he have a pen?

5. No, he doesn't.

6. He doesn't have a pen.

7. Does he teach us English?

8. No, he doesn't.

9. He doesn't teach us English.

10. Does your father teach us math?

11. No, he doesn't.

12. He doesn't teach us English.

13. Do they teach you art?

14. No, they don't.

15. They don't teach me art.

形容詞 many / much 的用法

I have many books. 我有很多書。
He has much money. 他有很多錢。

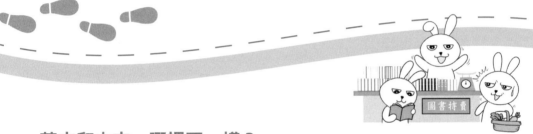

英文和中文，哪裡不一樣？

　　遇到單數名詞 book 的時候，通常會用「a」來表示「一本」書，但如果是很多本書，就可以用「many」（許多的）來表示，再把 book 改成複數名詞 books。但是英文和中文在形容「很多」時，還是有差異的。中文不管什麼名詞都可以用「很多的」來形容，可是英文必須將名詞分成「可數」和「不可數」兩類，而「很多的」寫法也有基本的「many」和「much」兩種。現在我們就來瞭解「many / much」如何與「可數」和「不可數」名詞搭配！

 必學重點1

可數名詞：有明確數量可以數（複數＋s / es）

一隻貓＝a cat　　兩隻狗＝two dogs　　三輛公車＝three buses

不可數名詞：沒有明確數量可以數，後面不需要加 s / es

時間＝time　　　　水＝water　　　　錢＝money

重點分析

　　可數／不可數的觀念，中西方有著邏輯上的差異。中文認為大部分的東西都是可以數的，像是水可以一滴一滴地數，連時間也可以一秒一秒地算，所以不太有「可數／不可數」的問題產生。因此，當我們要辨別英文名詞是「可數／不可數」時，常會受中文的習慣影響。

　　建議大家與其死記硬背，不如嘗試「邏輯辨別法」來理解，雖然有少數名詞例外，但是至少可以解決大部分「可數／不可數名詞」辨別時的困擾！

可數名詞：

大多要保持外表完整，通常不可拿刀切開。（貓、狗、蘋果、巴士…）

不可數名詞：

通常外表較不具體，所以拿刀切開後，本質不變。（時間、水、錢…）

注意

「可數名詞」因為有明確數量，前面可以加上數詞，如「two」、「three」…等，而單數名詞也要改成複數名詞，也就是「字尾要加 s / es」。至於「不可數名詞」因為沒有明確數量可以數，所以前面就不可以加數詞了，而字尾當然也就不可以加 s / es 了！

 必學重點2　形容詞 many 是「許多的」的意思；many 只能接複數可數名詞

many books 許多書

many birds 許多鳥

many apples 許多蘋果

形容詞 much 也是「許多的」的意思；much 只能接不可數名詞

much time 許多時間

much money 許多錢

much water 許多水

可數名詞　apples books dogs　many
我只接可數的！

不可數名詞　water milk money　much
不可數的都給我！

重點分析

　　前面我們學會如何辨別大部分的「可數／不可數名詞」，現在繼續來瞭解 many 和 much 的用法。其實很簡單，many / much 是形容詞，都是「許多的」的意思，大家只要記住 many 必須搭配可數名詞，而 much 必須搭配不可數名詞就行了。

例句分析 1

他有許多蘋果。

中文：他有許多蘋果。

英文：他＋擁有＋許多＋蘋果

　　　＝He has many apples.（○）

常見錯誤

He has much apple.（╳）

「apple」是可數名詞，要和 many 配合，apple 複數要加 s。

例句分析 2

有許多蘋果在書桌上。

中文：有許多蘋果在書桌上。

英文：有＋許多＋蘋果＋在書桌上

　　　＝There are many apples on the desk.（○）

常見錯誤

Have many apples on the desk.（X）
這裡的「有」是靜態的存在，所以要用 There are。

馬上試試看① ▶▶▶

先仔細想：鳥、書等這些東西是可數還是不可數的名詞呢？接下來應該就很清楚該用 much 還是 many 了吧！

1. 我有很多鳥。

_____

2. 有很多鳥在樹上（**in**）。

_____

3. 他有很多書。

_____

4. 有很多書在我的房間裡。

_____

5. 你有很多椅子。

_____

6. 有很多椅子在樹下。

_____

7. 我們有很多猴子。

_____

8. 有很多猴子在動物園裡。

_____

9. 你們有很多學生。

_____

10. 有很多學生在教室裡。

_____

例句分析 3

我喝（drink）很多水。

中文：我喝很多水。

英文：我＋喝＋很多＋水

=I drink much water.（O）

常見錯誤

I drink many waters.（X）

「water」是不可數名詞，要和 much 配合，water 不可數，所以不需要加 s。

例句分析 4

水池（pool）裡有很多水。

中文：水池裡有很多水。

英文：有＋很多＋水＋在水池裡

=There is much water in the pool.（O）

（「water」是不可數名詞，沒有複數的概念，所以要用 is。）

常見錯誤

There are much waters in the pool.（X）

「water」是不可數名詞，沒有複數概念，所以要用 is，且不需加 s。

馬上試試看② >>>

下面的題目中，有可數的名詞和不可數的名詞。哪個詞要搭配 much，哪個詞搭配 many 呢？趕快動動腦想想看！

1. 時間就是金錢（money）。

2. 他有很多錢。

_____

3. 我房子裡有許多錢。

_____

4. 我喝許多牛奶（**milk**）。

_____

5. 水池（**pool**）裡有許多水。

_____

6. 廚房裡有許多啤酒（**beer**）。

_____

 參考答案

馬上試試看①

1. I have many birds.
2. There are many birds in the tree.
3. He has many books.
4. There are many books in my room.
5. You have many chairs.
6. There are many chairs under the tree.
7. We have many monkeys.
8. There are many monkeys in the zoo.
9. You have many students.
10. There are many students in the classroom.

- -

馬上試試看②

1. Time is money.
2. He has much money.
3. There is much money in my house.
4. I drink much milk.
5. There is much water in the pool.
6. There is much beer in the kitchen.

疑問詞及連接詞 when 的用法

When do you teach him English?

你何時教他英文？

英文和中文，哪裡不一樣？

　　當我們要問對方「什麼時候」，就可以用「when」這個疑問詞，而 when 的用法和前面所學的「what」、「why」相同，都可以放在句首形成疑問句。中文說「你何時教他英文？」時，英文的字序卻是「何時你教他英文？」。另外，when 用來確認時間或什麼時候，所以句尾的語調要如同肯定句一般，必須下降。

必學重點　when 放在句首，且放在 do/does 之前形成疑問句，句尾的語調要下降。

重點分析①

　　當疑問句的動詞是一般動詞時，when 也是要放在句首，且後面接助動詞 do / does 來構成疑問語氣。由於 when 是用來確認「何時」的問句，所以句尾的語調要如同肯定句一般，必須下降。

注意

改疑問句 3 步驟：

Step 1 先想肯定句

Step 2 再改疑問句

Step 3 再改成句首是 when 的疑問句

例句分析

她教我英文。

她教我英文嗎？

她何時教我英文？

Step 1 「先想肯定句」

中文：她教我英文。

英文：她＋教＋我＋英文

=She teaches me English.（○）

常見錯誤

She teach I English.（✕）

she 是第三人稱單數，要用 teaches，「我」是受格，承受教學動作，要用 me。

Step 2 「再改疑問句」

中文：她教我英文嗎？

英文：Does＋她＋教＋我＋英文

=Does she teach me English?（○）

常見錯誤

Do she teaches me English?（✕）

she 是第三人稱單數，助動詞 do 必須改成 does。

Step 3 「再改成句首是 when 的疑問句」

中文：她何時教我英文？

英文：何時＋does＋她＋教＋我＋英文

   ＝When does she teach me English?（○）

（詢問何時的問句，語調要下降。）

重點分析②

之前我們學過「what」、「where」、「why」、「how」這幾個疑問詞，當它們引導疑問句時，都必須放在句首，且動詞是一般動詞時，後面必須再加助動詞 do / does 形成疑問語氣！

例句分析 1

他有什麼（東西）？

中文：他有什麼（東西）？

英文：什麼＋does＋他＋擁有

   ＝What does he have?（○）

（助動詞 does 後面的動詞 has 要「打回原形」＝have。）

例句分析 2

他在哪裡教你英文？

中文：他在哪裡教你英文？

英文：在哪裡＋does＋他＋教＋你＋英文

   ＝Where does he teach you English?（○）

（助動詞 does 後面的動詞 teaches 要「打回原形」＝teach。）

例句分析 3

他為什麼教你英文？

中文：他為什麼教你英文？

英文：為什麼＋does＋他＋教你＋英文

＝Why does he teach you English?（○）

（助動詞 does 後面的動詞 teaches 要「打回原形」＝teach。）

例句分析 4

他如何教你英文？

中文：他如何教你英文？

英文：如何＋does＋他＋教你＋英文

＝How does he teach you English?（○）

（助動詞 does 後面的動詞 teaches 要「打回原形」＝teach。）

馬上試試看① ▶▶▶

when、what、why 等疑問詞，大家都會用了嗎？別忘了把它們放在句子開頭處！

1. 他何時教我英文？

_____

2. 你何時教她英文？

_____

3. 他何時教我們英文？

_____

4. 你有什麼（東西）？

_____

5. 他有什麼（東西）？

_____

6. 你在哪裡教他？

_____

7. 他在哪裡教你們？

_____

8. 為什麼你教我們英文？

_____

9. 為什麼我教他們英文？

_____

10. 他如何教我歷史？

_____

11. 你們如何教她歷史？

_____

 When 也可當連接詞，意思是「當…時候」；用法同 because，可放在句首或句尾連接兩個句子。

重點分析

when 當連接詞時，用法和「because」一樣，除了可放在句首將兩個子句成為一句，也可以放在句中當兩節火車廂之間的掛鉤。因此當「when」放在句首時＝「when＋句 1＋，＋句 2」，而當「when」放在句中時＝「句 1＋when＋句 2」。

例句分析 1「when＋句 1＋，＋句 2」

當他生病時，他是傷心的。

中文：當他（是）生病的（時候），他是傷心的。

英文：當＋他是生病的＋，＋他是傷心的
＝When he is sick, he is sad.（○）

常見錯誤

When he is sick he is sad.（✗）

When 放在句首時，句中要加逗號。

例句分析 2 「句 1＋when＋句 2」

他是傷心的當他是生病的（時候）。

中文：他是傷心的當他是生病的（時候）。

英文：他是傷心的＋當＋他是生病的

＝He is sad when he is sick.（○）

常見錯誤

He is sad, when he is sick.（✗）

when 放在句中時，前面不用再加逗號。

馬上試試看② ▶▶

when 除了拿來問問題，也可以當連接詞！現在就來練習連接詞 when 的用法吧！

1. 當他是忙碌的，他是生氣的。
_____

2. 當那隻鳥在樹上，牠是快樂的。
_____

3. 當那隻猴子在我的花園玩，牠是快樂的。
_____

4. 當李先生教瑪麗英文時，她是開心的。
_____

5. 他是生氣的，當他忙碌（時）。
_____

6. 那隻鳥是快樂，當牠在樹上的時候。

_____

7. 這隻猴子是快樂的，當牠在我花園裡玩時。

_____

8. 瑪麗是開心的，當李先生教她英文時。

_____

 參考答案

馬上試試看①

1. When does he teach me English?

2. When do you teach her English?

3. When does he teach us English?

4. What do you have?

5. What does he have?

6. Where do you teach him?

7. Where does he teach you?

8. Why do you teach us English?

9. Why do I teach them English?

10. How does he teach me history?

11. How do you teach her history?

- -

馬上試試看②

1. When he is busy, he is angry.

2. When that bird is in the tree, it is happy.

3. When that monkey plays in my garden, it is happy.

4. When Mr. Lee teaches Mary English, she is happy.

5. He is angry when he is busy.

6. The (That) bird is happy when it is in the tree.

7. The (This) monkey is happy when it plays in my garden.

8. Mary is happy when Mr.Lee teaches her English.

疑問詞 how 的其他用法

How many books do you have?

你有幾本書？

英文和中文，哪裡不一樣？

中文會說「你有幾本書？」，而英文的問法則不同，會把疑問詞放前面，說「幾本書你有？」

 必學重點1 「How＋形容詞／副詞」形成不同意思的問法

重點分析

「How」除了當「如何」的意思之外，也可與形容詞結合，形成不同意思的問法。例如，「How＋old」＝「如何老」＝「多老」＝「幾歲」，「How＋many」＝「如何＋許多」＝「多多」＝「多少」。另外「How」也可與副詞結合成不同意思。例如，「How＋often」＝「如何＋常常」＝「多久一次」。

how many（多少）必須搭配複數可數名詞，而 how much（多少）必須搭配不可數名詞。另外「how many」、「how much」、「how often」的用法都與「How」相同，必須放在 be 動詞 am / are / is 或助動詞 do / does 之前，來形成疑問語氣。

例句分析 1

有多少學生在森林裡？

中文：有多少學生在森林裡？

英文：多少學生＋存在＋森林裡

　　＝How many students are there in the forest?（O）

（要形成疑問句，必須把 there are 改成 are there。）

常見錯誤

How many students in the forest?（X）

英文句子一定要有動詞，必須放上「are there」才算有動詞。

How many student is there in the forest?（X）

how many 必須搭配複數可數名詞，因此要寫 students，並使用 are there 代表「存在」的意思。

例句分析 2

你有多少張椅子？

中文：你有多少張椅子？

英文：多少椅子＋do＋你＋擁有

　　＝How many chairs do you have?（O）

（多少張椅子 how many chairs 要放在 do 之前，來形成疑問語氣。）

常見錯誤

How many chairs you have?（ｘ）

how many 必須放在助動詞 do / does 之前形成疑問語氣。

馬上試試看① >>>

　　how 除了詢問「怎樣」、「如何」以外，搭配其他的形容詞還能問不同的問題！這裡就來練習 how 搭配 **many** 的用法吧！

1. 你的學校裡有多少學生？

_____

2. 我的學校有 93 個學生。

_____

3. 你教幾個學生？

_____

4. 我教 27 個學生。

_____

5. 她教幾個學生？

_____

6. 她教 31 個學生。

_____

例句分析 3

有多少牛奶在廚房裡？

中文：有多少牛奶在廚房裡？

英文：多少牛奶＋存在＋廚房裡

　　　＝How much milk is there in the kitchen?（○）

（牛奶是不可數名詞，沒有複數的概念，所以要用 is 來形成疑問句；
同時把 there is 改成 is there。）

How many milk in the kitchen?（X）

牛奶是不可數名詞，要跟 much 配合，句子中缺少動詞，要加上 is there 才算完整。

例句分析 4

你有多少錢？

中文：你有多少錢？

英文：多少錢＋do＋你＋擁有？

　　＝How much money do you have?（○）

（money 是不可數名詞，必須跟 much 配合。How much money 要放在 do 之前，來形成疑問語氣。）

You have how much money?（X）

how much 的用法與 how 相同，必須放在助動詞 do / does 之前，來形成疑問語氣。

馬上試試看② >>>

　　別忘了，就算搭配了 how，many 還是要接可數名詞，much 還是要接不可數名詞！做題目的時候要小心！

1. 車子裡有多少啤酒？

_____

2. 我不知道。

_____

3. 你喝多少啤酒？

_____

4. 我不知道。

_____

5. 他喝多少啤酒？

_____

6. 我不知道。

_____

7. 你有多少錢？

_____

8. 我不知道。

_____

9. 他有多少錢？

_____

10. 我不知道，因為我醉了（**drunken**）。

_____

例句分析 5

他多久教你一次英文？

中文：他多久一次教你英文？

英文：多久一次＋does＋他＋教你英文

　　　＝How often **does he teach you English?**（○）

（how often 用法與 how 相同，必須放在助動詞 do / does 之前，來形成
疑問語氣。）

常見錯誤

He how often teach you English?（✗）

how often 用法與 how 相同，必須放在助動詞 do / does 之前，來形成疑
問語氣。

how often 用來問事情發生的頻率，不是問次數或時間，答題時要小心！

1. 你多久教他們一次音樂？

_____

2. 你的媽媽多久教你一次？

_____

3. 你多久教他們一次數學？

_____

4. 她多久教我們一次美術？

_____

5. 他們多久喝酒一次？

_____

 參考答案

馬上試試看①

1. How many students are there in your school?

2. There are ninety-three students in my school.

3. How many students do you teach?

4. I teach twenty-seven students.

5. How many students does she teach?

6. She teaches thirty-one students.

- -

馬上試試看②

1. How much beer is there in the car?

2. I don't know.

3. How much beer do you drink?

4. I don't know.

5. How much beer does he drink?

6. I don't know.

7. How much money do you have?

8. I don't know.

9. How much money does he have?

10. I don't know because I am drunken.

馬上試試看③

1. How often do you teach them English?

2. How often does your mother teach you?

3. How often do you teach them math?

4. How often does she teach us art?

5. How often do they drink?

及物動詞與不及物動詞

Do you like this book? 你喜歡這本書嗎？
Yes, I like it. 是的，我喜歡。

英文和中文，哪裡不一樣？

　　一般動詞又可分為及物動詞和不及物動詞。所謂及物動詞就是動詞後面必須有「受詞」（人事物）作為受詞來承受這個動作，如此句子的意思才會完整。而不及物動詞本身就已表達完整的意思，所以它的後面不用再加「受詞」來承受這個動作。現在讓我們來認識及物動詞和不及物動詞的用法吧！

 必學重點
及物動詞：動詞後面必須有「受詞」（人事物）跟著
不及物動詞：動詞後面不能有「受詞」（人事物）跟著

重點分析①

　　「及物動詞」就是動詞後面有「受詞」（人事物）跟著，如此句子的意思才會完整。例如，「我有一本書」，「have」的後面習慣加上「對象」＝「I have a book.」，如果只是說「我有。」（I have.），是不是感覺話沒說完？顯然語意是不完整的。而「不及物動詞」就沒這個問題。例如，「微笑＝smile」本身就可完整傳達語意，後面不須特別加上「對象」（接受詞），所以「我微笑著。＝I smile.」就已經是完整的句子。

注意

有些動詞兼具「及物動詞」和「不及物動詞」的特性，有些動詞只能當
「及物動詞」，而有些動詞只能當「不及物動詞」。另外要注意的是，
只有名詞（以及具有名詞功能的詞類）和代名詞才可以擔任受詞！

【及物動詞後面一定要跟著受詞】

【不及物動詞後面什麼都沒有】

例句分析 1

我玩這顆球（play）。

中文：我玩這顆球。

英文：我＋玩＋這顆球

　　　＝I play this ball.（〇）

（這顆球 this ball 是「被玩的對象」，也就是「受詞」，因此 play 在
這句是「及物動詞」。）

例句分析 2

我在花園裡玩。

中文：我在花園裡玩。

英文：我＋玩＋在花園裡

=I play in the garden.（○）

（因為「在花園裡」表達的是在某地點，因此 play 後面沒有受詞，在這句是「不及物動詞」。）

例句分析 3

她唱一首歌（song）。

中文：她唱一首歌。

英文：她＋唱＋一首歌

=She sings a song.（○）

（「歌」當受詞，承受「唱」的動作，因此 sing 在這句是「及物動詞」。）

例句分析 4

她在房間裡唱歌。

中文：她在房間裡唱歌。

英文：她＋唱歌＋在房間裡

=She sings in the room.（○）

（因為「在房間裡」表達的是在某地點，因此 sing 後面沒有受詞，在這句是「不及物動詞」。）

重點分析②

　　「like」是「喜歡」的意思，「like」在大多數情況下只能當「及物動詞」，也就是說，「like」的後面要有「受詞」來承受「like」這個動作。

　　因此中文常說「我喜歡」，在英文裡是不能只寫「I like.」的，因此對於「我喜歡」這句中文，我們必須創造一個「假的受詞」給「like」來使用，而這個「假的受詞」就由「it」來擔任，才能用英文表達這句沒有受詞的中文句子，所以「我喜歡」必須寫成「I like it.」才是正確的。

例句分析

他喜歡那首歌嗎？

是的，他喜歡。

中文：他喜歡那首歌嗎？

英文：Does＋他＋喜歡＋那首歌

　　　＝Does he like the song?（○）

（「歌」當受詞，用來承受「like」的動作，因此符合「like」必須有受詞的寫法。）

中文：是的，他喜歡。

英文：Yes＋他＋喜歡＋it

　　　＝Yes, he likes it.（○）

常見錯誤

Yes, he likes.（×）

「like」絕大部份情況下都是當「及物動詞」，後面需要有受詞「it」。

馬上試試看 ▶▶▶

　　中文可以說「我喜歡」，但英文的「喜歡」後面一定要接個受詞！

1. 我喜歡那輛藍色的公車。

2. 你喜歡那輛藍色的公車嗎？

_____

3. 是的，我喜歡。

_____

4. 為什麼你喜歡那輛藍色的公車？

_____

5. 我喜歡那輛藍色的公車因為它是漂亮的。

_____

6. 我喜歡那個花園。

_____

7. 你喜歡那個花園嗎？

_____

8. 是的，我喜歡。

_____

9. 我喜歡那個花園因為那個花園裡有許多花。

_____

 參考答案

馬上試試看

1. I like that blue bus.

2. Do you like that blue bus?

3. Yes, I like it. / Yes, I do.

4. Why do you like that blue bus?

5. I like that blue bus because it is beautiful.

6. I like that garden.

7. Do you like that garden?

8. Yes, I like it. Yes, I do.

9. I like that garden because there are many flowers in that garden.

不定詞（*to-V*）的用法

He likes to run in the park.
他喜歡在公園裡跑步。

英文和中文，哪裡不一樣？

　　英文句子一定要有動詞，而且一個句子只能有一個動詞！如果一個句子想表達「兩個動作」時，那該怎麼辦呢？例如，「我喜歡跑步」這句裡，有「喜歡」和「跑步」兩個動作，這時就可以用「to」來幫忙，將它放在「喜歡」和「跑步」這兩個動詞的中間，就可以解決句子中同時存在兩個動詞／動作的狀況，形成「動詞 1＋to＋動詞 2」的結構。而其中「to＋動詞 2」這樣的寫法，就稱作「不定詞」，也是本課要學習的重點喔！

 必學重點1 不定詞＝to＋原形動詞（to 後面的動詞要「打回原形」）

重點分析

　　一個英文句子只能有一個動詞，如果句子必須同時出現兩個動詞時，就可以使用「不定詞」的結構，讓句子中的兩個動詞／動作可以同時存在。要特別注意的是，「to」後面的動詞必須「打回原形」＝「to＋原形動詞」。

他喜歡跑步。

中文：他喜歡跑步。

英文：他＋喜歡＋to＋跑步

=He likes to run.（○）

He likes runs.（X）

同時存在兩個動詞時，要用「不定詞」，to 後面的 runs 要「打回原形」
=run。

他喜歡閱讀那本書。

中文：他喜歡閱讀那本書。

英文：他＋喜歡＋to＋閱讀＋那本書

=He likes to read that book.（○）

He likes reads that book.（X）

同時存在兩個動詞時，第二個要用「不定詞」，likes 加 to 之後，reads
要「打回原形」=read。

「like」是「及物動詞」，後面一定要加上「受詞」。以上面兩個例
句來分析：「他喜歡跑步」和「他喜歡閱讀那本書」，其中「跑
步」和「閱讀那本書」就是「喜歡做的事情」，都是在表達一個動
作，所以不能用名詞，而是用「不定詞（to-V）」來當作 like 的受
詞！

例句分析 3

他喜歡這件事。＝他喜歡跑步（這件事）。

He likes it.＝He likes to run.

（「跑步」雖然是動作，卻可以當成「喜歡做的事情」來取代 it。）

例句分析 4

他喜歡這件事。＝他喜歡讀那本書（這件事）。

He likes it.＝He likes to read that book.

（「讀那本書」雖然也是動作，卻可以當成「喜歡做的事情」來取代 it。）

 必學重點 2 「地點」通常要放在句尾。

重點分析①

　　英文句子裡，除了有表達過程的「動作」外，通常還要有動作發生的地點。而英文習慣先「講完動作」，再說出「地點」，因此地點通常會被放在句尾來敘述。

例句分析

他喜歡在這公園裡跑步。

中文：他喜歡在這公園裡跑步。

英文：他＋喜歡＋to＋跑步＋在這公園裡
　　　＝He likes to run in this park.（○）

常見錯誤

He likes in this park to run.（✕）

「地點」通常放在句尾來表示。

一句不能有兩個動詞，所以不定詞就派上用場了。練習不定詞怎麼用吧！

1. 我喜歡散步。

_____

2. 我喜歡在那個公園裡散步。

_____

3. 他喜歡跑步。

_____

4. 他喜歡在這個森林裡跑步。

_____

5. 她喜歡游泳。

_____

6. 她喜歡在那個游泳池游泳。

_____

7. 他們喜歡玩耍。

_____

8. 他們喜歡在我的學校裡玩耍。

_____

9. 約翰的父親喜歡教我們英文。

_____

10. 約翰的父親喜歡在他的客廳教我們英文。

_____

重點分析②

英文句子裡，若要讓兩個動詞／動作同時存在，除了使用「不定詞」的結構，還可以用「連接詞」，「and」就是其中之一，可以用來連接兩個句子，如「他喜歡閱讀而且他喜歡跑步。」，我們可以寫成「他喜歡閱讀和跑步。」，將後句的「他喜歡」給省略掉。因此使用「連接詞 and」，就可以允許兩個動詞同時存在一個句子中！

例句分析 1

他喜歡閱讀而且他喜歡跑步。

中文：他喜歡閱讀而且他喜歡跑步。

英文：他喜歡閱讀＋and＋他喜歡跑步

　　＝He likes to read and he likes to run.（○）

例句分析 2

他喜歡閱讀和跑步。

中文：他喜歡閱讀和跑步。

英文：他喜歡閱讀＋and＋跑步

　　＝He likes to read and run.（○）

（後句省略「he likes to」，所以後面的 run 一樣要保持「原形」。）

馬上試試看②

　　這裡練習了很多用到連接詞 and 的句子，只要把握「and 前後的東西構造要相同」的原則，無論句子怎麼變化都不用怕了！

1. 他喜歡散步而且他喜歡游泳。

_____

2. 他喜歡散步和游泳。

_____

3. 我喜歡唱歌而且我喜歡開車。

_____

4. 我喜歡唱歌和開車。

_____

5. 你喜歡學習而且你喜歡工作。

_____

6. 你喜歡學習和工作。

_____

7. 那些貓喜歡吃而且那些貓喜歡睡。

_____

8. 那些貓喜歡吃和睡。

_____

 參考答案

馬上試試看①

1. I like to walk.

2. I like to walk in the / that park.

3. He likes to run .

4. He likes to run in the / this forest.

5. She likes to swim.

6. She likes to swim in the / that pool.

7. They like to play.

8. They like to play in my school.

9. John's father likes to teach us English.

10. John's father likes to teach us English in his living room.

- -

馬上試試看②

1. He likes to walk and he likes to swim.

2. He likes to walk and swim.

3. I like to sing and I like to drive.

4. I like to sing and drive.

5. You like to learn and you like to work.

6. You like to learn and work.

7. Those cats like to eat and those cats like to sleep.

8. Those cats like to eat and sleep.

頻率副詞的用法

My father is always in his office.
我的父親總是在他的辦公室。

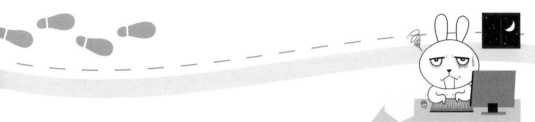

英文和中文，哪裡不一樣？

　　中文和英文一樣，為了更明確表達句子的語意，都會加上「總是」、「經常」、「很少」…等用語來輔助說明。例如，「他是忙碌的」和「他總是忙碌的」這兩句的語意是有所差別的，後句中加入「總是」來輔助說明，會比前句的感覺更強烈。而像「總是」這類詞，在英文文法中屬於「副詞」的一種，因此大家可以把「副詞」想成是一種「輔助說明」的詞類，也可以把「副詞」看成是一種「輔助詞」！

 必學重點　副詞：一種「輔助說明」的詞類
　　　　　頻率副詞：跟「事件發生的頻率」有關的副詞

重點分析①

　　我們常會說出跟「事件發生頻率」有關的副詞，來輔助說明整個句子。例如，「他總是懶惰的」裡的「總是」，或是「他很少跑步」裡的「很少」。句子裡的「總是」和「很少」向我們透露出事情發生次數的多寡。因此，這種屬性的副詞就被稱為「頻率副詞」。

always	**often**	**usually**
總是	常常	經常
sometimes	**seldom**	**never**
有時候	很少	從不

用法

「頻率副詞」的用法跟中文的語法相似，通常會放在 be 動詞（am / are / is...）的後面，或是一般動詞的前面。請根據下面的例句來瞭解「頻率副詞」的用法吧！

例句分析 1

他總是忙碌的。

中文：他總是忙碌的。

英文：他＋是＋總是＋忙碌的

＝**He** is always **busy.**（○）

常見錯誤

He always **busy.**（X）

中文的說法不會有「是」，但英文不能省略掉真正的動詞 is，沒有 is 整句就沒了動詞。頻率副詞 always 要放在 is 的後面。

例句分析 2

你經常很忙。

中文：你經常是忙碌的。

英文：你＋是＋常常＋忙碌的

=You are often busy.（○）

常見錯誤

You often busy.（✗）

中文的說法不會有「是」，但這句英文不能省略掉 are，否則整句就沒了動詞。頻率副詞 often 要放在 be 動詞 are 的後面。

例句分析 3

他通常在公園裡跑步。

中文：他通常在公園裡跑步

英文：他＋通常＋跑步＋在公園裡

=He usually runs in the park.（○）

常見錯誤

He is usually runs in the park.（✗）

有 run 這個動詞就不需要 be 動詞 is 了，「在公園裡」是地點，要放在句尾。但與 be 動詞句子不同的是，頻率副詞 usually 要放在一般動詞 run 的前面。

他很少在森林裡玩。

中文：他很少在森林裡玩。

英文：他＋很少＋玩＋在森林裡

=He seldom plays in the forest.（○）

常見錯誤

He is seldom plays in the forest.（X）

有 play 這個動詞就不需要 is 了，「在森林裡」是地點，要放在句尾。

頻率副詞 seldom 要放在一般動詞 play 的前面。

那隻猴子有時候在花園裡玩。

中文：那隻猴子有時候在花園裡玩。

英文：那隻猴子＋有時候＋玩＋在花園裡

=That monkey sometimes plays in the garden.（○）

常見錯誤

That monkey is sometimes plays in the garden.（X）

有 play 這個動詞就不需要 is 了，「在森林裡」是地點，要放在句尾。

頻率副詞 sometimes 要放在一般動詞 play 的前面。

馬上試試看①

各個頻率副詞使用的時機和位置，記起來了嗎？就在這裡一起來練習一下！

1. 她的房子總是髒的。

2. 她的鋼琴常常是髒的。

___

3. 這個年輕人通常是虛弱的。

___

4. 那個郵差有時候是忙碌的。

___

5. 他上學很少遲到。

___

6. 雖然那位紳士是富有的,但他從不懶惰。

___

7. 他們常常是傷心的,因為他們常常生病。

___

8. 他女兒總是在房間裡玩。

___

9. 瑪麗從不微笑。

___

10. 我媽媽很少在客廳裡喝酒。

___

11. 那個老師經常在辦公室裡畫畫。

___

12. 你父親有時候在這個泳池游泳。

___

13. 他常常教我英文。

___

重點分析②

　　頻率副詞中的 usually（通常）和 often（常常）意思相當接近,但若要細分差異的話,usually（通常）比較常用來表示「習慣」;而 often（常常）比較常用於「次數」的表達,所以還是要根據句子的語意來選擇合適的表達。

例句分析

她有時教我英文。

中文：她有時教我英文。（正常寫法）

英文：她＋有時候＋教我＋英文

=She sometimes teaches me English.（○）

（sometimes 常置於一般動詞 teach 的前面。）

中文：有時她教我英文。

英文：有時候＋她＋教我＋英文

=Sometimes she teaches me English.（○）

（sometimes 也可以放在句首，用來強調整句。）

馬上試試看②

sometimes 應該放在句中的哪個位置呢？在下面的題目中，你就會遇到這樣的挑戰哦！

1. 那個學生有時是懶惰的。

_____

2. 有時那個學生是懶惰的。

_____

3. 那個老師有時教我們英文。

_____

4. 有時那個老師教我們英文。

_____

參考答案

馬上試試看①

1. Her house is always dirty.

2. Her piano is often dirty.

3. The / This young person is usually weak.

4. The / That postman is sometimes busy.

5. He is seldom late for school.

6. Although that gentleman is rich, he is never lazy.

7. They are usually sad because they are often sick.

8. His daughter always plays in the room.

9. Mary never smiles.

10. My mother seldom drinks in the living room.

11. That teacher usually draws in the office.

12. Your father sometimes swims in the / this pool.

13. He often teaches me English.

馬上試試看②

1. That student is sometimes lazy.

2. Sometimes that student is lazy.

3. That teacher sometimes teaches us English.

4. Sometimes that teacher teaches us English.

情狀副詞的構成與用法

That dog runs quickly.

那隻狗跑得快。

英文和中文，哪裡不一樣？

　　上一課我們瞭解到副詞是一種「輔助說明」的詞，因此可以把副詞看成是一種「輔助詞」。其實副詞種類不僅一種，除了「頻率副詞」是用來輔助說明「頻率／發生的次數」之外，還有輔助說明「動作狀況」的副詞、輔助說明「時間狀況」的副詞等等。在這一課，我們先來瞭解輔助說明「動作狀況」的副詞（亦稱「情狀副詞」）是如何構成與應用的！

 情狀副詞：大多放在動詞後面，用來輔助說明「動作狀況」。

重點分析①

　　要形容一個人很高，就必須借助「形容詞 tall」來輔助說明這個人的身高狀況。同樣，要形容一個人跑得快或慢，就要借助副詞來輔助說明「跑步的狀況」，否則無法瞭解這個人跑步快慢的狀況。

比較

由上歸納出，「形容詞」主要用來輔助說明「名詞」，而「副詞」則用來輔助說明「動詞」。在中文裡「…的」通常就是「形容詞」，如快的、慢的…等等，而中文裡「…地」，通常就是「副詞」，如快地、慢地…等等。

重點分析②

其實有許多副詞都是由形容詞「變身」過來的，因此許多副詞的組成方式都跟形容詞有很緊密的關係。下面歸納出幾個情狀副詞常見的構成方式讓大家瞭解！

形容詞＋ly

	慢的	快的	傷心的	漂亮的
形容詞	slow	quick	sad	beautiful
	慢地	快地	傷心地	漂亮地
副詞	slowly	quickly	sadly	beautifully

例句分析 1

他跑得快。

中文：他跑得快。

英文：他＋跑步＋快地

=He runs quickly.（○）

常見錯誤

He runs quick.（×）

run 是動詞，後面必須要用副詞 quickly，來輔助說明跑步的狀態。

他跑得慢。

中文：他跑得慢。

英文：他＋跑步＋緩慢地

  =**He runs** slowly.（○）

馬上試試看① >>>

現在就來複習之前學過的形容詞吧！這些單字要加 ly 變成副詞。

1. 你妹妹跑得快。

_____

2. 你妹妹跑得快嗎？

_____

3. 我哥哥走得慢。

_____

4. 我哥哥走得慢嗎？

_____

5. 她傷心地唱歌。

_____

6. 她傷心地唱歌嗎？

_____

7. 那個女孩打扮得很漂亮。（dress 第三人稱單數＝dresses）

_____

8. 那個女孩打扮得很漂亮嗎？

_____

形容詞字尾是「子音＋y」要去 -y 改 -ily

形容詞	快樂的	饑餓地	忙碌的	生氣的
	happy	hungry	busy	angry

副詞	快樂地 happily	饑餓地 hungrily	忙碌地 busily	生氣地 angrily

馬上試試看② ▶▶▶

題目中出現了不少後面不能直接加 ly 的副詞，別被它們騙了。

1. 那個學生快樂地學習。

_____

2. 那個學生快樂地學習嗎？

_____

3. 那個老人饑餓地工作。

_____

4. 那個老人饑餓地工作嗎？

_____

5. 那位司機忙碌地開車。

_____

6. 那位司機忙碌地開車嗎？

_____

7. 那個女孩生氣地哭泣。

_____

8. 那個女孩生氣地哭泣嗎？

_____

「形容詞」和「副詞」用詞相同，但意思有時不同

形容詞	快的 fast	早的 early	晚的 late	困難的 hard
副詞	快地 fast	早地 early	晚地 late	努力地 hard

形容詞「快的」和副詞「快地」的寫法有兩種:「快的」可以寫成 fast 和 quick,而「快地」可以寫成 fast 和 quickly,其中要注意 fast 的「形容詞」和「副詞」兩者相同!另外 hard 也有「形容詞」和「副詞」的意思,只不過 hard 的形容詞意思是「困難的」,而 hard 的副詞意思是「努力地」,這一點要多加注意!

馬上試試看③ ▶▶▶

題目難度再次加深,有些副詞結尾不需要加 -ly,別被它們騙了。

1. 那隻鳥飛得快。

_____

2. 為什麼那隻鳥飛得快?

_____

3. 那個農夫很早就在工作。

_____

4. 為什麼那個農夫很早就在工作?

_____

5. 那男孩很晚抵達。

_____

6. 為什麼那男孩很晚抵達?

_____

7. 你的朋友努力地工作。

_____

8. 為什麼你的朋友努力地工作?

_____

形容「好」、「壞」的副詞：輔助說明動作的狀況
用法：同情狀副詞，常置於「動詞後面」

形容詞	好的 good	壞的 bad	副詞	好地 well	壞地 badly

例句分析

他數學教得好。

中文：他數學教得好。

英文：他＋教＋數學＋很好地
=He teaches math well.（○）

常見錯誤

He teaches math good.（✗）

teach 是動詞，後面必須用副詞 well，來輔助說明教學的狀況。

馬上試試看④ ▶▶▶

做這些題目的時候要注意，這裡面不但有直接加 -ly 形成的副詞，也有不規則變化的副詞，千萬不要搞混！

1. 我妹妹歌唱得好。

_____

2. 為什麼我妹妹歌唱得好？

_____

3. 那個老師英文教得好。

_____

4. 為什麼那個老師英文教得好？

_____

5. 這學生畫得差。

_____

6. 為什麼這學生畫得差？

_____

 參考答案

馬上試試看①

1. Your sister runs quickly.

2. Does your sister run quickly?

3. My brother walks slowly.

4. Does my brother walk slowly?

5. She sings sadly.

6. Does she sing sadly?

7. That girl dresses beautifully.

8. Does that girl dress beautifully?

馬上試試看②

1. That student learns happily.

2. Does that student learn happily?

3. That old man works hungrily.

4. Does that old man work hungrily?

5. That driver drives busily.

6. Does that driver drive busily?

7. That girl cries angrily.

8. Does that girl cry angrily?

馬上試試看③

1. That bird flies fast.

2. Why does that bird fly fast?

3. That farmer works early.

4. Why does that farmer work early?

5. That boy arrives late.

6. Why does that boy arrive late?

7. Your friend works hard.

8. Why does your friend work hard?

馬上試試看④

1. My sister sings well.

2. Why does my sister sing well?

3. That teacher teaches English well.

4. Why does that teacher teach English well?

5. This student draws badly.

6. Why does this student draw badly?

Lesson 37

地方副詞與時間副詞的用法
She works here today.
她今天在這裡工作。

英文和中文，哪裡不一樣？

　　已經學會「頻率副詞」和「情狀副詞」的用法與構成方式後，讓我們再來了解輔助說明「時間狀況」和「地點位置」的副詞如何使用！當英文句子裡必須說明「地點」時，我們習慣將地點放在句尾來說明，其實「時間」也是。特別注意的是，當「地點和時間」剛好都在同一句時，這時我們要先寫地點，再寫時間哦！

地方副詞：輔助說明「地點、位置」在哪裡。
時間副詞：輔助說明「時間」的狀況。

重點分析①

　　「地方副詞」主要用來輔助說明事件、行為或動作的「地點、位置」，習慣放在句尾。之前學到的地點一定是「名詞」，如公園、車站…等，因此它們的前面會加上介系詞「in」或者是「at」來表示「在公園裡面」，或是「在車站旁邊」。現在要介紹的是本身就具備輔助說明「地點、位置」的「地方副詞」，因此「地方副詞」前面並不需要特別加上「in」或「at」等介系詞來協助說明地點位置。

注意

下面兩個是常用的「地方副詞」，要記住它們習慣被放在句尾來輔助說明「地點、位置」喔！

在這裡	在那裡
here	there

例句分析 1

我在這裡。

中文：我在這裡。

英文：我＋是＋在這裡

　　　＝I am here. (○)

常見錯誤

I am in here. (✕)

here 是地方副詞，本身已表示「在這裡」，不需要介系詞 in 或 at。

例句分析 2

我在那裡教他英文。

中文：我在那裡教他英文。

英文：我＋教他英文＋在那裡

　　　＝I teach him English there. (○)

常見錯誤

I teach him English in there.（X）

there 是地方副詞，本身已表示「在那裡」，不需要介系詞 in 或 at 來協助說明。

例句分析 3

她常常來這裡。

中文：她常常來這裡。

英文：她＋常常＋來＋這裡

=She often comes here.（O）

常見錯誤

She often comes at here.（X）

here 是地方副詞，本身已表示「在這裡」，不需要介系詞 in 或 at 來協助說明。

例句分析 4

我有時去那裡。

中文：我有時去那裡。

英文：我＋有時候＋去＋那裡

=I sometimes go there.（O）

=Sometimes I go there.（O）

常見錯誤

I sometimes go in there.（X）

there 是地方副詞，本身已表示「去那裡」，不需要介系詞 in 或 at 來協助說明。

　　寫完這幾題，相信你一定知道 here、there 要放在句中的哪個位置了。無論在肯定句中還是在疑問句中都一樣！

　　1. 她常常來這裡。

_____

　　2. 她常常來這裡嗎？

_____

　　3. 為什麼她常常來這裡？

_____

　　4. 她常常來這裡，因為她喜歡這裡（**likes it**）。

_____

　　5. 他總是去那裡。

_____

　　6. 他總是去那裡嗎？

_____

　　7. 為什麼他總是去那裡？

_____

　　8. 他總是去那裡因為他不喜歡來這裡。

_____

重點分析②

　　「時間副詞」主要是用來輔助說明句子裡的「時間狀況」，和「地方副詞」一樣，習慣放在句尾來輔助說明。下面是幾個常用的「時間副詞」，讓我們來認識它們的用法吧！

中文	今天	今晚	現在	早地	晚地
英文	today	tonight	now	early	late

例句分析 1

那個老師現在是生氣的。

中文：那個老師現在是生氣的。

英文：那個老師＋是＋生氣的＋現在

=That teacher is angry now.（○）

例句分析 2

我們今天學歷史。

中文：我們今天學歷史。

英文：我們＋學習歷史＋今天

=We learn history today.（○）

常見錯誤

We today learn history.（ X ）

時間副詞 today 習慣放在句尾。

例句分析 3

你來得早。

中文：你來得早。

英文：你＋來＋很早地

=You come early.（○）

常見錯誤

You early come.（ X ）

時間副詞 early 習慣放在句尾。

在中文裡，「今天」、「今晚」等時間副詞都出現在句子的中間，但在英文中卻不是這樣。趕快回想一下，這些時間副詞應該放在哪裡才對呢？

1. 我們今天學英文。

_____

2. 我們今天學英文嗎？

_____

3. 我們今天何時學英文？

_____

4. 我們今晚唱歌。

_____

5. 我們今晚唱歌嗎？

_____

6. 我們今晚何時唱歌？

_____

7. 他現在是虛弱的。

_____

8. 他現在是虛弱的嗎？

_____

9. 為什麼他現在是虛弱的？

_____

10. 他來得早。

_____

11. 他來得早嗎

_____

12. 為什麼他來得早？

_____

13. 她來得晚。

_____

14. 她來得晚嗎？

_____

15. 為什麼她來得晚？

_____

 「地點」和「時間」均習慣放在句尾。
「地點」和「時間」若「同時存在」時，要先寫地點，再寫時間。

重點分析

中文習慣說「我現在在這裡」，但英文卻習慣說「我在這裡現在」，所以，英文句子裡如果同時存在地點與時間時，我們必須先寫地點，再寫時間。

例句分析 1

他們現在在這裡。

中文：他們現在在這裡。
英文：他們＋是＋在這裡＋現在
　　　＝They are here now. （○）

常見錯誤

They are now here. （X）
同時存在地點與時間時，我們要先寫地點，再寫時間。

例句分析 2

你們今天在這裡學歷史。

中文：你們今天在這裡學歷史。
英文：你們＋學歷史＋在這裡＋今天
　　　＝You learn history here today. （○）

You learn history today here.（✗）

同時存在地點與時間時，我們要先寫地點，再寫時間。

馬上試試看③ ▶▶▶

　　現在你已經會用有地方副詞和時間副詞的句子了。那如果一個句子中兩個都有呢？做做看下面的題目吧！

1. 我們今晚在這裡唱歌。

_____

2. 我們今天在那裡學英文。

_____

3. 她現在在這裡。

_____

4. 他早去了那裡。

_____

5. 她晚來這裡。

_____

☑ 參考答案

馬上試試看①

1. She often comes here.

2. Does she often come here?

3. Why does she often come here?

4. She often comes here because she likes it here.

5. He always goes there.

6. Does he always go there?

7. Why does he always go there?

8. He always go there because he doesn't like to come here.

馬上試試看②

1. We learn English today.

2. Do we learn English today?

3. When do we learn English today?

4. We sing tonight.

5. Do we sing tonight?

6. When do we sing tonight?

7. He is weak now.

8. Is he weak now?

9. Why is he weak now?

10. He comes early.

11. Does he come early?

12. Why does he come early?

13. She comes late.

14. Does she come late?

15. Why does she come late?

馬上試試看③

1. We sing here tonight.

2. We learn English there today.

3. She is here now.

4. He goes there early.

5. She comes here late.

程度副詞的用法

She sings very well and she is very beautiful.

她唱得非常好而且她非常漂亮。

英文和中文，哪裡不一樣？

　　到目前為止，我們已經學了不少具有輔助說明性質的副詞，像是「頻率副詞」、「情狀副詞」、「地方副詞」以及「時間副詞」等，這課將會學到「加強語氣」用的「程度副詞」。中文句子裡常會用到「非常」、「很」，主要是用來增強句中修飾語要表達的「程度」和「語氣」，其實英文句子也常用到「非常」、「很」，如「very」這個字。但要注意的是，very 是個特別的「程度副詞」，只能用來修飾「形容詞」和「副詞」，像是 very beautiful / very well，但不能用來修飾「動詞」，如「非常喜歡」就不能說成 very like，要特別注意！

 very 意思是「非常」，只能用來修飾「形容詞」和「副詞」，不能修飾動詞。

重點分析①

因為 very 不能修飾動詞,因此必須把「他非常喜歡我」寫成「他喜歡我＋非常多」。但是「like(喜歡)」,無法用修飾「可數名詞」的「many(許多的)」來測量出有多少,所以要用修飾「不可數名詞」的「much(許多的)」來表示。

例句分析 1

他非常喜歡我。

中文:他非常喜歡我。

英文:他喜歡我＋非常多

=He likes me very much.(○)

(much 在此是副詞,所以 very 可修飾 much。)

常見錯誤

He very likes me.(✗)

very 不能修飾動詞 like。

例句分析 2

他唱得非常好。

中文:他唱得非常好。

英文:他＋唱歌＋非常好

=He sings very well.(○)

(well 是副詞,所以 very 可修飾 well。)

以下題目中雖然有「非常」和「很」兩個程度副詞，不過別忘了它們的意思其實差不多，所以也不用刻意要找兩個不一樣的程度副詞來用，一個就可以了！

1. 這架鋼琴非常棒，但它很舊。

_____

2. 我哥哥非常聰明，但他很自私。

_____

3. 那個農夫非常笨，但他很體貼（nice）。

_____

4. 雖然這隻狗非常小，但牠跑得很快（fast）。

_____

5. 那學生非常聰明，因為他學得很快（quickly）。

_____

6. 我非常喜歡那女孩，因為她很可愛（cute）。

_____

7. 我非常喜歡那隻鳥，因為牠的叫聲很好聽。

_____

重點分析②

除了「非常」之外，中文也常用到「也」這個字，等同英文裡的「also（也）」，它的用法其實和「always（總是）」相同，都習慣放在 be 動詞 am / are / is 等的後面，一般動詞前面。另外 also 可以通用於肯定句和否定句，沒有特殊的限制。

注意

和「也」意思相同的「程度副詞」還有 too 和 either 兩個字。too 和 either 均必須放在句尾，但要特別注意的是，also 可以通用於肯定句和否定句，而 too 只能用於肯定句，either 卻只能用於否定句。

「也」的副詞

also	too	either
也	也	也不

例句分析 1

他也是一位學生。

中文：他也是一位學生。

英文：他＋是＋也＋一位學生

= He is also a student.（○）（also 習慣放在 be 動詞 is 後面。）

= He is a student(,) too.（○）（too 必須放在句尾。）

常見錯誤

He also a student.（✗）（他也是一位學生。）

英文一定要有動詞，句中的 is 不能省略。

例句分析 2

你也喜歡游泳嗎？

中文：你也喜歡游泳嗎？

英文：你＋也＋喜歡＋to＋游泳嗎

= Do you also like to swim?（○）

（also 必須放在一般動詞前面。）

= Do you like to swim(,) too?（○）（too 必須放在句尾。）

常見錯誤

Do you also like swim.（✗）（你也喜歡游泳嗎？）

一句只能有一個動詞，如果同時出現兩個動詞時，可以用「不定詞（to-V）來幫忙。

我不是學生，而且他也不是（學生）。

中文：我不是學生，而且他也不是學生。

英文：我不是學生＋，而且＋他不是學生＋either

=I am not a student, and he is not a student(,) either.

（○）（either 用於否定句。）

I am not a student, and he is not a student(,) too.（✗）

too 只能用於肯定句，否定句要用 either。

他也不喜歡開車。

中文：他也不喜歡開車。

英文：他＋不喜歡＋to＋開車＋either

=He also doesn't like to drive.（○）

（also 可用於否定句和肯定句。）

=He doesn't like to drive(,) either.（○）

（either 只能用於否定句。）

我們一次學了好幾個「也」的表達方法，快來鞏固一下吧。

1. 我媽媽也非常生氣。

_____

2. 你媽媽也非常生氣嗎？

_____

3. 他也有一台收音機。

_____

4. 他也有一台收音機嗎？

_____

5. 我也喜歡在這裡唱歌。

_____

6. 你也喜歡在這裡唱歌嗎？

_____

7. 我也在那裡教美術。

_____

8. 你也在那裡教美術嗎？

_____

9. 我姐姐也不喜歡看電視。

_____

10. 他們也不喜歡在那個公園裡玩。

_____

重點分析③

　　另外還有兩個副詞也很常用，一個是「about＝大約」，一個是「only＝只有」。

about	大約		only	只有

注意 1

about 後面經常接「數字」。

例句分析 1

今天大約有 3 個學生在這裡。

中文：今天大約有 3 個學生在這裡。

英文：有＋大約＋3 個學生＋在這裡＋今天

　　　＝There are about three students here today.（○）

我大約有 5 個蘋果。

中文：我大約有 5 個蘋果。

英文：我＋有＋大約＋5 個蘋果

　　＝I have about five apples.（○）

馬上試試看③ >>>

我們已經學了「大約」的表達方法，先做做題目熟悉一下吧！

1. 我的書桌上有多少隻鳥？

_____

2. 大約有 10 隻鳥在你的書桌上。

_____

3. 你有多少支手錶？

_____

4. 我大約有 7 支手錶。

_____

5. 那個學校有多少個學生？

_____

6. 那個學校大約有 360 個學生。

_____

7. 你教幾個學生？

_____

8. 我在那裡大約教 40 個學生。

_____

注意 2

only 的用法和 always 相同，都習慣置於 be 動詞 am / are / is 等後面，一般動詞的前面。

例句分析 3

房間裡只有 3 個人。

中文：房間裡只有 3 個人。

英文：有＋只＋3 個人＋在房間裡

　　　＝There are only three persons in the room.（○）

（only 習慣置於 be 動詞後面。）

常見錯誤

Only three persons in the room.（╳）

句子要有動詞，除了要有 are 之外，可以搭配 there，形成 there be 句型
來表達。

例句分析 4

我只有 2 支筆。

中文：我只有 2 支筆。

英文：我＋只有＋2 支筆。

　　　＝I only have two pens.（○）

　　　＝I have only two pens.（○）

　　　（only 也可以放在數字前作修飾）

馬上試試看④ 》》》

　一起練習「只／僅」的用法吧。

1. 今天教室裡只有 3 個人。

_____

2. 現在這裡只有兩個小孩。

_____

3. 我只有一顆棒球。

_____

4. 他只喜歡在大海（**ocean**）裡游泳。

_____

5. 這個小孩現在只想要那個玩具。

_____

 參考答案

馬上試試看①

1. This piano is very good, but it is very old.

2. My brother is very smart, but he is very selfish.

3. That farmer is very stupid, but he is nice.

4. Although this dog is very small, it runs very fast.

5. That student is very smart because he learns very quickly.

6. I like the girl very much because she is very cute.

7. I like that bird very much because it sings very well.

- -

馬上試試看②

1. My mother is also very angry. / My mother is very angry too.

2. Is your mother also very angry? / Is your mother very angry too?

3. He also has a radio. (He has a radio too.)

4. Does he also have a radio? / Does he have a radio too?

5. I also like to sing here. / I like to sing here too.

6. Do you also like to sing here? / Do you like to sing here too?

7. I also teach art there. / I teach art there too.

8. Do you also teach art there? / Do you teach art there too?

9. My sister also doesn't like to watch TV. / My sister doesn't like to watch TV either.

10. They also don't like to play in the(that) park. / They don't like to play in the / that park either.

馬上試試看③

1. How many birds are there on my desk?

2. There are about ten birds on your desk.

3. How many watches do you have?

4. I have about seven watches.

5. How many students are there in the school?

6. There are about three hundred and sixty students in the school.

7. How many students do you teach?

8. I teach about forty students there.

馬上試試看④

1. There are only three persons in the classroom today.

2. There are only two children here now.

3. I only have / have only a baseball.

4. He only likes to swim in the ocean.

5. The child only wants that toy now.

常和動詞搭配的介系詞 *to / with / for*

Those children usually run to the forest.

那些孩子經常跑去森林。

英文和中文，哪裡不一樣？

　　一般來說，有些動作都會有「方向性」，如「走到／向…（地方）」或「跑去／向…（某處）」。中文會用「到…」、「去…」或「向…」來指出方向性，而在英文裡，可以用「to」這個介系詞來指出「動作的方向性」。因此「to」除了可以解決一個句子同時存在兩個動詞的問題（形成不定詞 to-V）之外，還可以跟動詞搭配，變成具有「方向性」的介系詞喔！

必學重點1　「向／往＋…地方」＝to＋目的地／地方（名詞）

重點分析①

　　「to」主要用來協助 run 這個動作，指出要「往」哪個地方跑，所以「跑向那個公園」＝run＋to＋那個公園。

例句分析

他跑去那個公園。

中文：他跑去那個公園。

英文：他跑＋to＋那個公園
　　　＝He runs to that park.（○）

重點分析②

　　「to」也可以用來連接「動作」和「目的地」，而因為「目的地」是「名詞」，所以這時候的 to 就一定是介系詞。例如，「跑去公園＝run to the park」，用「to」來協助「run（跑）」，指出目的地是「park（公園）」。但是若遇到 here / there 這樣的地方副詞，因為本身就已經具備「介系詞＋地方」的功能，因此就不需要介系詞 to 了，請特別注意！

例句分析

他跑去那裡。

中文：他跑去那裡。

英文：他跑＋去那裡
　　　＝He runs there.（○）

常見錯誤

He runs to there.（✗）

there 是地方副詞，不是名詞，本身就是「去／在那裡」的意思（已明確表達一種「移動位置」的概念），所以 there 前面不用再加 to 來指出方向。

重點分析③

　　「去到…地方」＝「go to...＋地方」，如果沒有特別說明用什麼方式「去」時，就可以用「go」來表示「去」的意思。當遇到主詞是第三人稱單

數時，go 就要改成 goes。

他常去／到那間書店。

中文：他常去那間書店。

英文：他＋常常＋goes to＋那間書店

=He often goes to the bookstore.（○）

重點分析④

在「go to…（地方）」中，有時「地方」前面要加 the，但除了 here /
there 不用加 the 之外，還有幾個特別的情況不用加 the。例如，「回家＝go
home」。home 和 here / there 一樣可以當地方副詞，所以前面不用加介系詞
to。另外兩個特別的狀況是「上學＝go to school」及「睡覺＝go to bed」，為
了讓大家容易理解，我們可解釋成「上學的學校」和「睡覺的床」位置通常是固
定的，所以也就不用加 the，請特別注意！

例句分析 1

他總是很早去上學。

中文：他總是很早去上學。

英文：他＋總是＋去上學＋很早地

=He always goes to school early.（○）

常見錯誤

He always goes to the school early.（X）

除非不是去「上學」，而是去「一所特定的學校」，才需要加 the。

例句分析 2

他總是很晚（去）睡覺。

中文：他總是很晚（去）睡覺。

英文：他＋總是＋去睡覺＋很晚地

=He always goes to bed late.（○）

常見錯誤

He always goes to the bed late.（╳）

除非不是「去睡覺」而是前往「一張特定的床」才要加 the。

例句分析 3

有時候他很晚回家。

中文：有時候他很晚回家。

英文：有時候＋他＋回家＋很晚地

=Sometimes he goes home late.（○）

常見錯誤

Sometimes he goes to home late.（╳）

home 這裡當地方副詞，用法和 here/there 相同，所以前面不加 to。

重點分析⑤

「來到…地方」＝「come to…＋地方」，沒有特別說明用什麼方式「來」時，就用 come 來表示「來」。當遇到主詞是第三人稱單數時，記住 come 要改成 comes。

他很少來這裡。

中文：他很少來這裡。

英文：他＋很少＋來＋這裡

　　＝He seldom comes here.（○）

He seldom comes to here.（✗）

here 是地方副詞，本身已明確表達一種「移動位置」的概念，所以 here 前面不用再加 to 來指出方向。

馬上試試看① ▶▶▶

to 當介系詞時表達「方向」的概念，所以在寫下面的句子時，相信你也可以很清楚地在腦中勾勒出一幅小狗朝著公園的方向跑過去的生動畫面！

1. 那些狗常跑去公園。

_____

2. 為什麼那些狗常跑去公園？

_____

3. 牠們常跑去公園是因為牠們喜歡那裡（like it）。

_____

4. 我常常去（go to）車站。

_____

5. 為什麼你常常去車站？

_____

6. 我常去車站是因為我母親在那裡工作。

_____

7. 那個胖司機很少來我的餐廳（restaurant）。

_____

8. 為什麼那個胖司機很少去你的餐廳？

_____

9. 他很少來我的餐廳是因為我的餐廳非常小。

_____

10. 那個醫生經常很晚回家。

_____

11. 我弟弟總是很早上床睡覺。

_____

12. 那個學生總是很早上學。

_____

 和某人做什麼＝做什麼＋和＋某人＝做什麼＋with＋某人
（「某人要用受格）

重點分析

中文習慣說「我和誰做什麼」，但英文卻習慣說「我做什麼和誰」，因為英文習慣先把「要做的事情」講完，再講「和誰（一起做）」，所以中文的「我和他跑步」，換成英文就會變成「我＋跑步＋和＋他」。

例句分析

我和他跑步。

中文：我和他跑步。

英文：我＋跑步＋和＋他
　　＝我跑步 with 他
　　＝I run with him.（○）

常見錯誤

I run with he.（✗）

和某人做什麼，with 後面要用受格 him。

【比較 to 和 with 的意思】

I run (to) him.

我跑向他。

I run (with) him.

我和他一起跑。

馬上試試看②

　我們學到了介系詞 with 有「和」的意思，下面就來試試，with 這個字該放在句子中的哪個位置呢？

1. 我常和他游泳。

_____

2. 為什麼你常和他游泳？

_____

3. 因為他游得非常快，我想要學習他的技巧（skill）。

_____

4. 我很少和他喝酒。

_____

5. 為什麼你很少和他喝酒？

_____

6. 我很少和他喝酒是因為他總是喜歡大聲地（loudly）唱歌。

_____

 為了＝for

重點分析

for 是個介系詞，意思是「為了」，常用來表示「為了…（某人而去做某事）」。另外要特別注意的是，for 後面承受動作的「人」必須用受格。

例句分析 1

這些書是給你的。

中文：這些書是給你的。

英文：這些書＋是＋for＋你

=These books are for you.

例句分析 2

我教他數學。

中文：我教他數學。

英文：我＋教數學＋為了＋他

=I teach math for him.（○）

常見錯誤

I teach math for he.（✕）

for 是「為了（誰）」的意思，後面承受動作的「人」必須使用受格 him。

有時候，我們很難把 for 和中文的「為了」做對照，但我們先一步一步來，先學會最基本的就好！

1. 這些花是給你的。

_____

2. 這些花是給我的嗎？

_____

3. 是的，它們是。

_____

4. 為什麼這些花是給我的？

_____

5. 因為我喜歡你。

_____

6. 那本英文書是給我的嗎？

_____

7. 是的，它是。

_____

8. 為什麼那本英文書是給我的？

_____

9. 因為我不想教你英文了。

_____

 參考答案

馬上試試看①

1. Those dogs often run to the park.
2. Why do those dogs often run to the park?
3. They often run to the park because they like it there.
4. I often go to the station.

5. Why do you often go to the station?

6. I often go to the station because my mother works there.

7. That fat driver seldom comes to my restaurant.

8. Why does that fat driver seldom go to your restaurant?

9. He seldom comes to my restaurant because my restaurant is very small.

10. That doctor usually goes home late.

11. My brother always goes to bed early.

12. That student always goes to school early.

馬上試試看②

1. I often swim with him.

2. Why do you often swim with him?

3. Because he swims very fast, I want to learn his skill.

4. I seldom drink with him.

5. Why do you seldom drink with him?

6. I seldom drink with him because he always likes to sing loudly.

馬上試試看③

1. These flowers are for you.

2. Are these flowers for me?

3. Yes, they are.

4. Why are these flowers for me?

5. Because I like you.

6. Is that English book for me?

7. Yes, it is.

8. Why is that English book for me?

9. Because I don't want to teach English for you.

Lesson 40

連接詞 *if* 及 *have to* 的用法

If you want to speak English well, you have to study hard.

如果你想要說好英語，你必須努力學習。

英文和中文，哪裡不一樣？

　　在英文裡，若要表示「如果…」，就可以用 if 來表達。if 是個連接詞，意思是「如果」，它可以放在句首或句中，用來連接兩個句子，讓語意更完整。另外還要介紹一個常跟「如果」同時出現的片語，那就是「have/has＋to（必須）」，它的 to 和不定詞的 to 相同，後面都要接「原形動詞」。那現在就一起來瞭解如何利用「如果」和「必須」來造句吧！

必學重點　連接詞 if＝「如果」的意思
　　　　　　　have/has＋to＝「必須」的意思

重點分析

if 的用法和 because 一樣，就像兩節火車車廂之間的掛鉤，將兩個句子連成一句。例如，「If＋句 1(,)＋句 2」，或是「句 1(,)＋If＋句 2」。have/has＋to＝「必須」的意思，後面要接原形動詞（與不定詞的 to 相同）。

例句分析 1 「If＋句 1(,)＋句 2」；have to＋原形動詞

如果你想睡覺，你必須回家。

中文：如果你想要睡覺，你必須回家。

英文：If＋你想要睡覺＋，＋你 have to 回家。

　　　＝If you want to go to bed, you have to go home.（○）

注意

「想要睡覺」可以有兩種寫法。

① 「想要去床上睡覺」：want to go to bed（bed 是名詞，所以這裡的 to 是介系詞）

② 「想要睡覺」：want to sleep（sleep 是動詞，所以這裡的 to 是不定詞的 to）

因此，「如果你想要睡覺，你必須回家」也可以寫成「If you want to sleep, you have to go home.」

例句分析 2 「句 1(,)＋if＋句 2」；have to＋原形動詞

你必須努力學習，如果你想要說好英語。

中文：你必須努力學習，如果你想要說好英語。

英文：你＋have to＋學習＋努力地＋if＋你＋想要＋to＋說英語＋好地

　　　＝You have to study hard if you want to speak English well.（○）

（hard 和 well 都是副詞，用來修飾 study 和 speak；have to 和 want to 的後面都要接原形動詞。）

先複習一下之前學過的問句與連接詞，再來試寫這一課學的重點：if 和 have/has to 吧！

1. 為什麼我妹妹英文說得很爛？

_____

2. 她英文說得很爛是因為她非常懶惰。

_____

3. 如果你妹妹想要說好英語，她必須努力學習。

_____

4. 我想和約翰在客廳裡玩。

_____

5. 如果你想和約翰玩，你現在必須打掃你的臥室。

_____

6. 你教得好嗎？

_____

7. 是的，我教得非常好。

_____

8. 如果你想要學得快，你必須努力用功。

_____

 參考答案

馬上試試看

1. Why does my sister speak English very badly?

2. She speaks English very badly because she is very lazy.

3. If your sister wants to speak English well, she has to study hard.

4. I want to play with John in the living room.

5. If you want to play with John, you have to clean your bedroom now.

6. Do you teach well?

7. Yes, I teach very well.

8. If you want to learn quickly, you have to study hard.

Lesson 41

虛主詞 *it* 的用法

It is good to run every day.
每天跑步是好的。

英文和中文，哪裡不一樣？

　　it 可以當虛主詞，代替「過長的主詞」，也就是將「事情的經過」放在句子後半部。其實一個句子的主詞不一定是人或物，也可以是一件事情的經過；當這件事情的經過必須用很多個字來表達，或太過冗長時，就需要 it 來幫忙，讓句子更容易讓人理解。另外 every day 是「每天」的意思，用法和時間副詞 now 一樣，習慣放在句尾，等下一課介紹「時間的用法」時會再詳盡說明！

> **必學重點**　it 用來代替過長的主詞

重點分析

　　當敘述一件要做的事，而文字敘述太長時，就會形成一個過長的主詞，這時就可以用「it」來代替這個過長的主詞，再把事情經過的敘述放在後面來說明。例如，「每天跑步是好的」這句話，可以把句子改成「it（這件事）是好的＋跑步＋每天」。

> **注意**

　　句子中同時存在兩個動詞 is 和 run 時，記得使用不定詞的概念＝to run

每天跑步是好的。

中文：每天跑步是好的。

英文：用 it 來代替「每天跑步」

　　　＝It（這件事）＋是＋好的＋跑步＋每天

　　　＝It is good to run every day.（○）

（every 是單數的概念，所以後面要接單數名詞（day）＝every day。）

It is good every day run.（✕）

要用到兩個動詞時，要想到不定詞的概念（to run）。

上學對我來說是快樂的。

分析：「上學」這件事，可用 it 來代替，再把事情經過的敘述放在後面，因此可以把句子改成「It（這件事）＋是＋快樂的＋對我來說＋去上學」；另外要注意的是，for 在這裡的意思是「對於…來說」，所以「對我來說」＝for me。

中文：上學對我來說是快樂的。

英文：It＋是＋快樂的＋對我來說＋去上學

　　　＝It is happy for me to go to school.（○）

（第一個 to 是不定詞的 to，第二個 to 是介系詞，後面接名詞。）

It is happy for me to go to the school.（✕）

「上學的學校」是固定的，所以前面不用加 the。

馬上試試看 ▶▶▶

以下題目不但能練習 It is... 的用法，也可以練習 every day 的用法。

1. 每天努力學習是好的。

_____

2. 每天喝酒是不好的（**bad**）。

_____

3. 每天抽煙是不好的。

_____

4. 對我來說每天去書店是快樂的。

_____

5. 對你爸爸來說每天看電視是快樂的。

_____

6. 對她來說和約翰游泳是快樂的。

_____

7. 如果你想要學得好，每天努力學習是非常重要的（**important**）。

_____

8. 如果你想跑得快，每天練習是非常重要的（**practice**）。

_____

 參考答案

馬上試試看

1. It is good to study hard every day.

2. It is bad to drink every day.

3. It is bad to smoke every day.

4. It is happy for me to go to the bookstore every day.

5. It is happy for your father to watch TV every day.

6. It is happy for her to swim with John.

7. If you want to learn well, it is very important to study hard every day.

8. If you want to run quickly, it is very important to practice every day.

Lesson 42

常跟時間搭配的介系詞 *at / on / in*

She has to study English at ten o'clock.
她必須在 10 點念英文。

英文和中文，哪裡不一樣？

中文的「幾點鐘」，英文要用「o'clock」表示，意思是「…點鐘／點整」。另外，「…點鐘」是一個比較精確的時間點，所以要搭配的時間介系詞是「at」，比如「在 10 點鐘」要寫成「at ten o'clock」，因此，at 除了可以當「位置」的介系詞（表示「在…地點」）之外，還可以用來指出「精準的時間」：介系詞 at＋…＋o'clock（點鐘）」。

 必學重點1 「1 點鐘～12 點鐘」的寫法

1 點鐘	2 點鐘	3 點鐘	4~12 點鐘
one o'clock	two o'clock	three o'clock	以此類推……

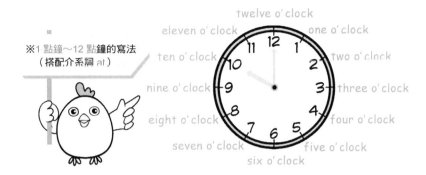

※1 點鐘～12 點鐘的寫法
（搭配介系詞 at）

twelve o'clock
eleven o'clock   one o'clock
ten o'clock   two o'clock
nine o'clock   three o'clock
eight o'clock   four o'clock
seven o'clock   five o'clock
six o'clock

重點分析①

　　o'clock 是副詞，用來輔助說明「…點鐘」，用法和 hundred（一百的單位）一樣，後面不用加 s；at 除了可以當表位置的介系詞（在…地點）之外，還可以拿來當表「精準時間」的介系詞（在…點鐘），另外要記住「時間」習慣放在句尾喔！

重點分析②

　　英文裡問「幾點了」，通常會用 it（它）來表示「時間」，相當於問人「（現在）幾點了？」的意思，英文寫法是「What time is it?」。還有，時間是不可數名詞，所以不能用複數的 are，而是要用 is 來當動詞。

例句分析

幾點了？
現在是兩點鐘了。

中文：幾點了？
英文：什麼時間＋是＋它（it）
　　　＝What time is it?（○）
中文：現在是兩點鐘了。
英文：時間＋是＋兩點鐘了＋現在
　　　＝It is two o'clock now.（○）

Now is two o'clock.（X）

在表達「現在幾點」時，要用 it，不能用 now 開頭。除非想要強調整句語氣才會和 sometimes 一樣，可以選擇放在句首寫成「Now it is two o'clock.」，不然，對初學者來說，時間還是先習慣放在句尾比較不容易混淆。

馬上試試看① 〉〉〉

時間的說法非常重要，尤其如果你要出國，要是不知道時間的表達，很可能會發生火車誤點你卻不知情、搞錯進場時間而沒看到表演等狀況！

1. 幾點了？

_____

2. 現在 8 點了。

_____

3. 現在 8 點了嗎？

_____

4. 是的，現在 8 點了。

_____

5. 為什麼你很生氣？

_____

6. 我很生氣是因為我的時鐘（**clock**）壞了（**broken**）。

_____

7. 我 9 點有一個重要的考試，所以我必須吃快點。

_____

8. 我也必須開得很快，如果我想要在 9 點抵達（**arrive**）那裡。

_____

 「週一～週日」的寫法

週一	Monday	週二	Tuesday	週三	Wednesday
週四	Thursday	週五	Friday	週六	Saturday
週日	Sunday				

重點分析

在英文裡，「週一～週日」是專有名詞，因此第一個字母要大寫，前面不用加 a 或 the；另外，on 除了可以當「位置」的介系詞，表示「在…上面」之外，還可用來指出「日期」，表示「在…某日」。所以，在週日＝「on Sunday」。要注意的是，on Sundays 指的是「在每個星期天」，而 on Sunday 指的是「在這個星期天」。

例句分析

約翰打算在週五和比利游泳。

中文：約翰打算在週五和比利游泳。

英文：約翰＋打算＋游泳＋和比利＋在週五

＝John plans to swim with Billy on Friday.（○）

常見錯誤

John plans swim with Billy on Friday.（✗）

「計畫」和「游泳」都是動詞，要用不定詞：John plans to swim...。

馬上試試看② ▶▶▶

不但要知道在某一天的時間表達法，星期幾的表達也很重要！一起來練習一下，順便複習前面剛學過的內容吧！

1. 瑪麗的生日（**birthday**）什麼時候？

_____

2. 瑪麗的生日是在星期六。

_____

3. 我想要在星期六慶祝瑪麗的生日。

_____

4. 對我來說慶祝瑪麗的生日是非常重要的。（**It is...**）

_____

5. 如果你想要慶祝瑪麗的生日，你必須買一個蛋糕。

_____

6. 我週五想在那間蛋糕店（**at the cake store**）買個蛋糕。

_____

7. 那間蛋糕店在哪裡？

_____

8. 那間蛋糕店在書店附近（**near**）。

_____

9. 你週五想和我去買個蛋糕嗎？

_____

10. 雖然我週五有個重要的考試，但我想和你去買蛋糕。

_____

 必學重點 2　「1 月～12 月」的寫法

1月	2月	3月	4月
January	February	March	April

5月	6月	7月	8月
May	June	July	August

9月	10月	11月	12月
September	October	November	December

重點分析①

　　英文裡的「1 月～12 月」也是專有名詞，因此第一個字母要大寫，「月份」的前面不加 a 或 the。另外，一個月通常有幾十天，所以在表示月份的時候，指的是「在一段時間以內」，因此要搭配時間介系詞「in」，如「在 1 月＝in January」；所以介系詞 in 除了可以當「位置」的介系詞，表示「在…裡面」之外，還可以表示「在一段時間內」（＝in＋一段時間）。

例句分析

我二月時想去日本。

中文：我想在二月去日本。

英文：我＋想要＋去日本＋在二月

　　　=I want to go to Japan in February.（○）

常見錯誤

I want to go to Japan in the February.（╳）

「月份」是專有名詞，所以 February（二月）前面不加 the。

重點分析②

it 能代表「時間」，現在 it 還可以代替「天氣」！

例句分析

在臺灣（Taiwan）七月的天氣是非常熱的。

中文：在臺灣七月天氣是非常熱的。

英文：天氣＋是＋非常熱的＋在臺灣＋在七月

　　　=It is very hot in Taiwan in July.（○）

常見錯誤

It is very hot in July in Taiwan.（╳）

一個句子裡若地點和時間同時出現，要先寫地點，再寫時間。

馬上試試看③ ▷▷▷

學了在某日和某星期的表達，接下來再來練習在某月份的表達吧！

1. 你打算何時來臺灣？

2. 我打算在 10 月去臺灣。

---

3. 10 月有許多遊客在臺灣。

---

4. 為什麼 10 月時有許多遊客在臺灣？

---

5. 因為 10 月時臺灣的天氣是非常涼爽的（**cool**）。

---

6. 在 7 月臺灣也有許多美國人嗎？

---

7. 是的，7 月也有許多美國人在臺灣。

 可單獨作為時間副詞（不需要搭配介系詞）的字

　　前面提到 at 用來搭配「精準時間」，on 用來搭配「指定的日期」，in 用來搭配「在一段時間內」；但還有一些輔助說明時間的「時間副詞」不需要搭配介系詞 at / in / on，如以下的時間副詞。

| 現在 | 今天 | 今晚 |
| now | today | tonight |

重點分析①

　　以上這些單字都是表「時間」的副詞，因為是副詞，前面當然就不必有介系詞；而像星期日或是二月這種專有名詞，因為是名詞，前面當然要有介系詞（at / in / on）來輔助說明時間的狀況。同樣地，地方副詞 here / there / home 也是，前面不用加介系詞 at / in / to 等。

例句分析

今晚天氣非常熱。

中文：今晚天氣是非常熱的。

英文：天氣＋是＋非常熱的＋在今晚

= It is very hot tonight.（○）

常見錯誤

It is very hot in tonight.（✕）

時間副詞 tonight 本身表示「在今晚」，所以不必加 in 來說明時間狀況。

每一天	今天早上	這個星期	這個月
every day	this morning	this week	this month

重點分析②

　　另外有些時間副詞是由「形容詞＋時間名詞」所組成的，如上所述。這樣的組成也算是時間副詞，因此前面當然不用加介詞 at / in / on 來輔助說明時間的狀況。

例句分析

今天早上我不想去上學。

中文：今天早上我不想上學。

英文：我＋不想＋上學＋今天早上

= I don't want to go to school this morning.（○）

常見錯誤

I don't want to go to school in this morning.（✕）

this morning 是時間副詞，所以前面不必加介系詞 in

重點分析③

「today」和「tonight」除了可當時間副詞，放在句尾表示時間狀況之外，也可當不可數名詞放在句首！如「今天是我的生日」可以有兩種寫法：

① 當 today 作為「時間副詞」時，寫成「It is my birthday today.」。

② 當 today 作為「不可數名詞」時，可以取代「It」，寫成「Today is my birthday.」。

例句分析

今晚天氣很冷。

中文：今晚天氣很冷。

寫法 1：天氣很冷＋今晚

　　　＝It is very cold tonight.（○）

寫法 2：今晚天氣很冷。

　　　＝Tonight is very cold.（○）

馬上試試看④ ▶▶▶

「每天」雖然在中文裡可能放在句子中間，但 every day 在英文句子中卻要放在最後面！

1. 我喜歡每天上學。

_____

2. 你也喜歡每天上學嗎？

_____

3. 不，我討厭每天上學。

_____

4. 因為學校的那隻狗總是喜歡咬我。

_____

5. 如果你想要和瑪麗游泳，今天早上你必須完成這個工作。

_____

✅ 參考答案

馬上試試看①

1. What time is it?

2. It is eight o'clock now.

3. Is it eight o'clock now?

4. Yes, it is eight o'clock now.

5. Why are you very angry?

6. I am very angry because my clock is broken.

7. I have an important test at nine o'clock, so I have to eat quickly.

8. I also have to drive fast if I want to arrive there at nine o'clock.

馬上試試看②

1. When is Mary's birthday?

2. Mary's birthday is on Staurday.

3. I want to celebrate Mary's birthday on Saturday.

4. It is very important for me to celebrate Mary's birthday.

5. If you want to celebrate Mary's birthday, you have to buy a cake.

6. I want to buy a cake at the cake store on Friday.

7. Where is the cake store?

8. The cake store is near the bookstore.

9. Do you want to buy a cake with me on Friday?

10. Although I have an important test on Friday, I want to buy a cake with you.

馬上試試看③

1. When do you plan to come to Taiwan?

2. I plan to go to Taiwan in October.

3. There are many tourists in Taiwan in October.

4. Why are there many tourists in Taiwan in October?

5. Because it is very cool in Taiwan in October.

6. Are there also many Americans in Taiwan in July?

7. Yes, there are also many Americans in Taiwan in July.

- -

馬上試試看④

1. I like to go to school every day.

2. Do you also like to go to school every day?

3. No, I hate to go to school every day.

4. Because the dog in the school always likes to bite me.

5. If you want to swim with Mary, you have to finish the (this) work this morning.

Lesson 43

原級／比較級／最高級的用法

She is as tall as he, and she is taller than I.
她像他一樣高，而且她比我高。

英文和中文，哪裡不一樣？

　　英文和中文一樣，句子裡都有需要相互比較的情況，如「我跟他一樣高」，或是「我比他高」等。但中英文的差別在於英文的「tall（高）」，在寫法上是有等級區別的，而中文卻沒有。因此透過下面的例句，來瞭解何謂「原級／比較級／最高級」以及它們的用法！

 必學重點1 原級的寫法
as＋形容詞／副詞＋as 某人＝像某人一樣

重點分析

　　所謂「原級」，表示兩者沒有程度上的差別，因此所使用的形容詞／副詞不需要有特別的寫法，如「我像他一樣高」＝「我是一樣高的＋像他」，英文寫法是「I am as tall＋as he.」。要特別注意的是，既然是拿兩者來比較，當然兩者的結構應該要對等，因此主格的寫法也要一致，也就是所以後面的「他」要比照前面的「我」，要用「主格」寫法 he，不能用受格的 him！

你像他一樣聰明。

中文：你像他一樣聰明。

英文：你＋是＋一樣聰明的＋像他

　　　＝You are as smart as he.（○）

（前面的 as 是「一樣」的意思，後面的 as 是「像」的意思。）

常見錯誤

You are as smart as him.（X）

兩者比較時，彼此的結構應該要對等，因此主格的寫法也要一致，後面的「他」也要和前面的「你」相同，用主格寫法 he，不能用受格的 him。

例句分析 2

她跑得跟我一樣快。

中文：她跑得像我一樣快。

英文：她＋跑步＋一樣快＋像我

　　　＝She runs as quickly as I.（○）

（前面的 as 是「一樣」的意思，後面的 as 是「像」的意思。）

常見錯誤

She runs as quickly as me.（X）

兩者比較時，彼此的結構應該要對等，因此主格的寫法也要一致，後面的「我」也要和前面的「她」相同，用主格寫法 I，不能用受格的 me。

馬上試試看① ▶▶▶

　　「像…一樣…」這個句型看起來簡單，可是就算學英文很久的人都會用錯。多練習幾次吧！

1. 她像我一樣開心。

_____

2. 為什麼她像你一樣開心呢？

_____

3. 她像我一樣開心是因為我們今天不用去上學。

_____

4. 為什麼你弟弟跟她妹妹一樣傷心呢？

_____

5. 我弟弟跟她妹妹一樣傷心是因為今天早上他們必須學英文。

_____

6. 你英文學得好嗎？

_____

7. 是的，我英文學得很好。

_____

8. 我英文學得跟她一樣好。

_____

 必學 重點 **2** 比較級的寫法
我比他高＝我比較高＋比起他＝我比較高＋than he

重點分析

　　所謂「比較級」是指比較兩者程度上的差別，因此所使用的形容詞／副詞就需要有特別的寫法，如「我比他高」＝「我是較高的＋比他」，英文寫法是「I am taller＋than he.」，其中的「tall（高）」，要寫成「較高的」taller。另外要注意的是，既然是拿兩者來比較，當然彼此的地位應該要對等，因此後面的「他」必須和前面的「我」一樣用「主格」的結構 he，不能用受格的 him。

單音節單字的比較級：直接加 er

形容詞	原級	比較級	副詞	原級	比較級
+ er	tall	taller	+ er	fast	faster

字尾是 e 的單字，其比較級：直接加 r

形容詞	原級	比較級	副詞	原級	比較級
+ r	cute	cuter	+ r	late	later

字尾是子音＋y 的比較級：去 -y 加 ier

形容詞	原級	比較級	副詞	原級	比較級
去 y + ier	happy	happier	去 y + ier	early	earlier

（部分）雙音節或以上的單字，其比較級：前面加 more（更加地）

形容詞	原級	比較級	副詞	原級	比較級
more...	beautiful	more beautiful	more...	quickly	more quickly

例句分析 1

你比他可愛。

中文：你比他可愛。

英文：你＋是＋較可愛的＋比起他

=You are cuter than he.（○）

常見錯誤

You are cute than him. (X)

「較可愛的」要用比較級 cuter；兩者比較時，彼此的結構應該要對等，所以後面的「他」也要和前面的「你」相同，用主格寫法 he，不能用受格 him。

例句分析 2

你比我更努力工作。

中文：你工作比我努力。

英文：你＋工作＋較努力地＋比起我

  ＝You work harder than I. (○)

常見錯誤

You work hard than me. (X)

「較努力地」是副詞，要用比較級 harder；兩者比較時，彼此的地位／結構要對等，所以後面的「我」要和前面的「你」相同，用主格 I，不能用受格 me。

馬上試試看② ▷▷▷

　　下面的練習中，hard 雖然是副詞，但它不是一般字尾 -ly 的副詞，所以我們不但要會副詞 hard 的比較級，字尾 -ly 的副詞比較級也要記得哦！

1. 他和你一樣聰明嗎？

_____

2. 不，他比我聰明。

_____

3. 雖然他比你聰明，你比他更努力工作。

_____

4. 因為我比他更努力工作，所以我比他富有。

_____

5. 你的女兒比他的女兒漂亮嗎？

_____

6. 是的，我的女兒比他的女兒漂亮。

_____

7. 你比那個醫生快樂嗎？

_____

8. 是的，我比那個醫生快樂。

_____

 必學重點3 最高級的寫法：
我是班上最高的＝我是最高的＋在班上＝我是＋the tallest＋在班上

重點分析①

「最高級」用來表示「最大的程度差異」，因此在英文裡，所使用的形容詞／副詞也有與中文不同的表達方式，也就是「最…的」的表達。例如，「我是班上最高的」＝「我是最高的＋在班上」，英文寫法是「I am the tallest＋in the class.」，其中的「tallest」前面要加上 the 表示「特定最高的那位」。因為是最高級的概念，所以不需要和別人比較，當然後面就不用加 than 了！

單音節單字的最高級：直接加 est					
形容詞	原級	比較級	副詞	原級	比較級
＋est	clean	cleanest	＋est	fast	fastest

（部分）雙音節或以上的單字，其比較級：前面加 more（更多的）					
形容詞	原級	最高級	副詞	原級	最高級
most...	beautiful	most beautiful	most...	quickly	most quickly

例句分析 1

我們的教室是這所學校裡最乾淨的。

中文：我們的教室是這所學校裡最乾淨的。

英文：我們的教室＋是＋最乾淨的＋在這所學校
= Our classroom is the cleanest in this school.（○）

常見錯誤

Our classroom is cleanest in the (this) school.（✕）

其中的「最乾淨的」前面要加上 the 表示「特定最乾淨的」＝the cleanest。

例句分析 2

他是班級裡跑最快的。

中文：他是班級裡跑最快的。

英文：他＋跑＋最快地＋在班級裡
= He runs the fastest in the class.（○）

常見錯誤

He runs fast in the class.（✕）

fast 要變成最高級 fastest。

重點分析②

　　通常「最高級」的寫法，前面要加 the，不過遇到副詞的最高級時，通常 the 可以省略。針對初學者而言，很容易搞混形容詞／副詞的最高級，因此建議還是在「最高級」的前面，全部都加上「the」才不容易搞錯！

He runs the fastest in the class.（○）
He runs fastest in the class.（○）（副詞最高級可以省略 the）
Our classroom is the cleanest in the school.（○）
Our classroom is cleanest in the school.（✗）（形容詞最高級不能省略 the）

馬上試試看③

「快地」這個副詞有 fast 和 quickly 兩個比較常見的單字，而兩者的比較級、最高級長得也不太一樣哦！

1. 那隻狐狸是森林裡跑最快的。

_____

2. 為什麼那隻狐狸是森林裡跑最快的？

_____

3. 因為牠跑得比那隻老虎還快。

_____

4. 這朵花是森林裡最漂亮的（the most beautiful）花。

_____

5. 為什麼這朵花是森林裡最漂亮的花？

_____

6. 因為這朵花跟你一樣漂亮。

_____

7. 那個農夫是鎮（town）上最富有的（the richest）人。

_____

8. 為什麼那個農夫是鎮上最富有的人？

_____

9. 因為那個農夫跟我一樣（as hard as）努力工作。

_____

更多的 more／最多的 most 用法

形容詞	原級	比較級	最高級
許多的	many/much	more	most

副詞	原級	比較級	最高級
許多地	much	more	most

例句分析 1

我比較喜歡那張桌子。

中文：我比較喜歡那張桌子。

英文：我喜歡那張桌子＋更加地

=I like that table more.（○）

例句分析 2

我喜歡那本書多過這本書。

中文：我喜歡那本書多過這本書。

英文：我喜歡那本書＋更甚於＋這本書

=I like that book more than this book.（○）

常見錯誤

I like that book more this book.（✗）

跟另一本書來比較，記住要用到 than。

我最喜歡那張桌子。

中文：我最喜歡那張桌子。

英文：我喜歡那張桌子＋最多

=I like that table the most. (○)

=I like that table most. (○)

 必學重點 **5** 少數不規則／需重複字尾的寫法

形容詞	原級	比較級	最高級
好的	good	better	best
壞的	bad	worse	worst

副詞	原級	比較級	最高級
好地	well	better	best
壞地	badly	worse	worst

形容詞	原級	比較級	最高級
熱的	hot	hotter	hottest
大的	big	bigger	biggest

馬上試試看④ ▶▶▶

「好的」（good）這個形容詞的比較級和最高級很特別，有沒有把這個不規則變化記起來呢？現在就試試看！

1. 這名棒球選手（player）是學校裡最好的（the best）。

_____

2. 他也是學校裡最高大的（tallest）學生。

_____

258

3. 那個老師是學校裡最差的（**the worst**）。

_____

4. 你更（**more**）喜歡游泳嗎？

_____

5. 我喜歡游泳更甚於（**more than**）跑步。

_____

6. 我最（**most**）喜歡游泳了。

_____

 參考答案

馬上試試看①

1. She is as happy as I.
2. Why is she as happy as you?
3. She is as happy as I because we don't have to go to school today.
4. Why is your brother as sad as her sister?
5. My brother is as sad as her sister because they have to learn English this morning.
6. Do you learn English well?
7. Yes, I learn English very well.
8. I learn English as well as she.

- -

馬上試試看②

1. Is he as smart as you?
2. No, he is smarter than I.
3. Although he is smarter than you, you work harder than he.
4. Because I work harder than he, I am richer than he.

5. Is your daughter more beautiful than his daughter?

6. Yes, my daughter is more beautiful than his daughter.

7. Are you happier than that doctor?

8. Yes, I am happier than that doctor.

馬上試試看③

1. That fox runs the fastest / the most quickly in the forest.

2. Why does that fox run the fastest / the most quickly in the forest?

3. Because it runs faster / more quickly than that tiger.

4. The flower is the most beautiful flower in the forest.

5. Why is the flower the most beautiful flower in the forest?

6. Because this flower is as beautiful as you.

7. That farmer is the richest person in the town.

8. Why is that farmer the richest person in the town?

9. Because that farmer works as hard as I.

- -

馬上試試看④

1. This baseball player is the best in the school.

2. He is also the tallest student in the school.

3. That teacher is the worst in the school.

4. Do you like to swim more?

5. I like to swim more than (I like to) run.

6. I like to swim (the) most.

現在進行式的用法

Is he working now?
他現在正在工作嗎？

No, he is sleeping now.
不，他現在正在睡覺。

英文和中文，哪裡不一樣？

　　到目前為止，前面所學到的動詞，都只是「單純陳述所做的動作」，句中的動詞，並沒有非常清楚地呈現動作進行的情狀。因此前面所學的動詞形態稱為「現在式」。在英文裡，動作有好幾種表示方法，當強調動作「現在正在進行中」時，就要用「現在進行式」。中文也會使用「正在」這個詞，來表示動作「正在進行」，而中英文唯一的差別在於，中文的動詞不會受到不同情狀的影響而改變，但英文的動詞就必須有變化。就讓我們來認識「動作正在進行」的寫法吧！

 be 動詞＋動詞-ing＝正在…（做某事）

重點分析①

　　動詞-ing 主要用來表示動作進行中的狀態，前面還必須加上 is / am / are 等 be 動詞），才是「完整的動詞」，同時具有動作正在進行的意思。要注意的是，「動詞-ing」本身不是動詞（屬於「動狀詞」的一種，其性質比較接近形容詞），真正的動詞是 be 動詞，所以沒有同時存在兩個動詞的問題。

【現在式和現在進行式有什麼差別？】

現在式　**I eat cake.**

（cake 可作可數名詞，也可以作不可數名詞喔！）

現在進行式　**I am eating cake.**

要有 be 動詞才可構成進行式

還要有 -ing 才是進行式

重點分析②

　　「現在進行式」強調的是「此時／當下」正在進行的動作狀態，句中常會伴隨 now（現在）」這個時間副詞，來強調「現在正在…」。

例句分析 1

瑪麗正在工作。

中文：瑪麗正在工作。

英文：瑪麗＋是＋正在工作的

　　　＝瑪麗＋is＋工作-ing

　　　＝Mary is working.（○）

常見錯誤

Mary is work.（X）
work 後面要加 -ing 的字尾形成現在進行式，不然會同時存在兩個動詞。
Mary working.（X）
要放上 is，句子才算有動詞。

例句分析 2

你的狗現在正在睡覺。

中文：你的狗現在正在睡覺。

英文：你的狗＋是＋正在睡覺＋現在

＝你的狗＋is＋睡覺-ing＋now

＝Your dog is sleeping now.（O）

常見錯誤

Your dog is sleep.（X）
sleep 後面要加 -ing 的字尾形成現在進行式，不然會同時存在兩個動詞。
Your dog sleeping.（X）
要加上 is，句子才算有動詞。

 必學重點 2 動詞-ing 的寫法

大部分動詞	走路（散步）	玩	喝（酒）
原形	walk	play	drink
直接＋ing	walking	playing	drinking

在寫下面的練習題時，如果有人打斷你，你也可以用這一課學到的內容告訴他：不要吵，我正在用功！

1. 你在哪裡？

_____

2. 我在公園裡。

_____

3. 我正在公園裡散步（**walking**）。

_____

4. 對我來說每天散步是非常重要的。

_____

5. 有許多人現在正在公園裡散步。

_____

6. 你想要來這裡嗎？

_____

7. 不，我正在客廳裡看（**watching**）電視。

_____

8. 我喜歡看電視更甚於（**more than**）散步。

_____

字尾 e 不發音	微笑	來	寫／寫作
原形	smile	come	write
去 e＋ing	smiling	coming	writing

現在進行式的句子，如果要變成疑問句呢？可以在下面的練習中寫寫看！

1. 你現在正在做什麼呢（**doing**）？

_____

2. 我正在寫字。

_____

3. 為什麼你正在寫字呢？

_____

4. 因為我正在做我的作業（doing my homework）。

_____

字尾前發短母音	打	跑	挖
原形	hit	run	dig
重復字尾＋ing	hitting	running	digging

馬上試試看③ ▶▶▶

　　如果現在進行式的句子裡出現時間、地點等之前學過的內容，你是不是也能靈活掌握呢？

1. 比利在哪裡？

_____

2. 他正在和他的狗玩。

_____

3. 他們正在挖（digging）花園裡的土嗎？（泥土 dirt 不可數名詞；the dirt in the garden）

_____

4. 不，他們正在森林裡玩。

_____

5. 他們正在玩什麼？

_____

6. 他們正在跑步。

_____

7. 誰跑得比較快（faster）呢？

_____

8. 比利跑得比那隻胖狗快。

_____

9. 你也跑得像比利一樣快嗎？

_____

10. 不，我跑得跟那隻胖狗一樣慢。

_____

11. 你現在在做什麼？

_____

12. 我正在公園裡跑步。

_____

 參考答案

馬上試試看①

1. Where are you?

2. I am in the park.

3. I am walking in the park.

4. It is very important for me to walk every day.

5. There are many persons walking in the park now.

6. Do you want to come here?

7. No, I am watching TV in the living room.

8. I like to watch TV more than (I like to) walk.

- -

馬上試試看②

1. What are you doing now?

2. I am writing.

3. Why are you writing?

4. Because I am doing my homework.

馬上試試看③

1. Where is Billy?

2. He is playing with his dog.

3. Are they digging the dirt in the garden?

4. No, they are playing in the forest.

5. What are they playing?

6. They are running.

7. Who runs faster?

8. Billy runs faster than that fat dog.

9. Do you also run as fast as Billy?

10. No, I run as slowly as that fat dog.

11. What are you doing now?

12. I am running in the park.

Lesson 45

現在完成式的用法

Is he washing his bicycle?
他正在洗他的腳踏車嗎？
No, he has washed his bicycle.
不，他已經洗完他的腳踏車了。

英文和中文，哪裡不一樣？

　　「現在進行式（V-ing）」主要用來表達動作正在進行的狀態，如果要表示動作已經完成的狀態，就必須使用「現在完成式」。中文裡也有「已經⋯」的字眼，但隨後的動詞，在英文裡必須用多種不同的型態來呈現喔！

 必學重點1 have / has＋過去分詞（P.P.）＝已經（完成）＋⋯（某動作）

重點分析①

　　「動詞-ing」可以用來描述現在這時刻某動作正在進行，前面搭配 be 動詞時稱為「**進行式**」。另外，動詞字尾加 -ed 就是過去式，用來描述過去的行為或動作，但是當前面搭配助動詞 have/has 時，稱為「**完成式**」，用來表示「動作已完成」，這時候的「動詞-ed」就稱為「過去分詞」，英文簡稱 P.P.。

重點分析②

　　基本上，過去分詞的寫法是「動詞＋ed」（規則變化），如 open 的過去分詞是 opened。不過仍有一些是不規則的變化的，如 buy 的過去分詞是 bought。只要稍微注意，幾次練習後，就會記住。

【 現在式 和 現在完成式 有什麼差別？ 】

現在式　　**I eat cake.**

（cake 可作可數名詞，也可以作不可數名詞喔！）

現在進行式　**I have eaten cake.**

要有 have 才可構成完成式

這要變成 P.P. 才行！

例句分析 1

我已經打開門了。

中文：我已經打開了門。

英文：我＋已經＋打開了＋門

　　　＝我＋have＋opened＋門

　　　＝I have opened the door.（○）

常見錯誤

I have open the door.（✕）

「已經打開」要用完成式來表示：have（已經）＋過去分詞 opened。

她已經買了兩張椅子。

中文：她已經買了兩把椅子。

英文：她＋已經＋買了＋兩把椅子

　　＝她＋has＋bought＋兩把椅子

　　＝She has bought two chairs.（○）

常見錯誤

She have buy two chairs.（X）

she 要跟 has 搭配，has（已經）要加上過去分詞：has＋bought。

馬上試試看① ⟫⟫⟫

　　我們平常生活中常說「我已經吃了……」，像這樣的句子，可以在下面的練習題中好好發揮了！

1. 我現在非常餓。

_____

2. 你想要吃一顆雞蛋嗎？

_____

3. 我已經吃 9 顆雞蛋了。

_____

4. 你想要吃些麵包嗎？

_____

5. 我已經吃很多麵包了。

_____

6. 你想要喝些果汁（juice）嗎？

_____

7. 我已經喝很多果汁了。

_____

8. 你必須現在去睡覺，因為已經很晚了。

_____

現在完成式的疑問句：
你已經完成…了嗎？＝Have＋you＋動詞-ed？

重點分析①

之前學過疑問句寫法，只要將 be 動詞或助動詞（do / does）放到句首就可以了，其實完成式的 have / has 也是助動詞，因此完成式的疑問句也只要將 have / has 移到句首，句尾改成問號就可以了。但是，因為句子是問對方「已經做了什麼」，這時候助動詞 have / has 後面的動詞就不是打回原形，而是用「過去分詞」的形態，請特別注意！

重點分析②

完成式疑問句的回答，必須維持完成式的形態，如「Yes, I have drunk.（是的，我已經喝了。）」（簡易回答＝Yes, I have.）、「No, I have not drunk.（不，我還沒有喝。）」（簡易回答＝No, I haven't）

例句分析

你已經買了一個蛋糕了嗎？

中文：你已經買了一個蛋糕了嗎？
英文：Have you＋買了＋一個蛋糕
　　　＝Have you bought a cake?（○）

常見錯誤

Do you have bought a cake?（✗）
have 本身就是助動詞，因此將 have 移到句首取代 do，形成完成式的疑問句。

Have you buy a cake?（✗）
助動詞 have 後面的動詞 bought 不能打回原形，因為完成式的疑問句依然要維持「已經買了什麼」＝bought 的形態。

在下面的題目中，你會練習到現在完成式的問句和回答這種問句的方法。仔細回想前面學過的內容，就不會錯了！

1. 你想要買那本最新的小說（**the newest novel**）嗎？

_____

2. 我已經買了那本最新的小說了。

_____

3. 你已經看過那本小說了嗎？

_____

4. 不，我還沒看過那本小說。

_____

5. 你現在正在做什麼？

_____

6. 我現在正在洗我爸爸的車。

_____

7. 你已經完成你的作業了嗎？

_____

8. 是的，我已經完成我的作業了。

_____

9. 我還沒完成我的作業，因為我正在看那本小說。

_____

重點分析③

「約翰已經去臺北了」＝「約翰＋has＋gone＋to＋臺北」，這句通常是指約翰「已經在臺北了」。如果是約翰「已經去過臺北」，而現在人不在臺北，就必須說「約翰＋has＋been＋to＋臺北」。been 是 is / am / are 的過去分詞，在這裡可用 been 來取代 gone，表示「去過」或「經驗」。

例句分析 1

瑪麗已經去日本了。

中文：瑪麗已經去日本了。（表示瑪麗現在在日本）

英文：瑪麗＋has＋gone＋to＋Japan

=Mary has gone to Japan.

例句分析 2

瑪麗已經去過日本了。（表示瑪麗現在不在日本）

中文：瑪麗已經去過日本了。

英文：瑪麗＋has＋been＋to＋Japan

=Mary has been to Japan.

常見錯誤

Mary has gone to Japan.（✗）

has gone 表示瑪麗現在在日本，所以與語意不符。

例句分析 3

你曾經去過美國（America）嗎？

中文：你曾經去過美國嗎？

英文：Have you＋曾經＋去過＋美國

=Have you ever been to America?

常見錯誤

Have you ever gone to America?（✗）

問對方是否曾經去過美國，表示「現在人不在美國」，所以要用 been to。

　　這裡的題目中問的「去過」，是用 gone 還是 been 呢？看看上面的內容，你應該就能輕鬆地判斷出來！

　　1. 你曾經去過韓國（Korea）嗎？

_____

　　2. 不，我還沒去過韓國。

_____

　　3. 你去過哪些國家呢？

_____

　　4. 我去過泰國（Thailand）、日本和美國。

_____

　　5. 我弟弟今天已經去泰國了。

_____

　　6. 他喜歡泰國是因為那裡有許多好吃的（delicious）海鮮。

_____

　　7. 我計畫這個月去英國（England）。

_____

　　8. 你曾經去過英國嗎？

_____

　　9. 是的，我去過英國。

_____

　　10. 我喜歡英國是因為英國是一個漂亮的國家。

_____

 參考答案

馬上試試看①

1. I am very hungry now.

2. Do you want to eat an egg?

3. I have eaten nine eggs.

4. Do you want to eat some bread?

5. I have eaten much bread.

6. Do you want to drink some juice?

7. I have drunk much juice.

8. You have to sleep now because it has been late.

馬上試試看②

1. Do you want to buy the newest novel?

2. I have bought the newest novel.

3. Have you read that novel?

4. No, I have not read that novel.

5. What are you doing now?

6. I am washing my father's car.

7. Have you finished your homework?

8. Yes, I have finished my homework.

9. I have not finished my homework because I am reading that novel.

馬上試試看③

1. Have you ever been to Korea?

2. No, I have not been to Korea.

3. Which countries have you been to?

4. I have been to Thailand, Japan and America.

5. My brother has gone to Thailand today.

6. He likes Thailand because there is much delicious seafood there.

7. I plan to go to England this month.

8. Have you ever been to England?

9. Yes, I have been to England.

10. I like England because England is a beautiful country.

現在完成進行式的用法

I have been working for three hours.
我已經持續工作 3 小時了。

英文和中文，哪裡不一樣？

　　現在完成式表示動作完成的結果，而「現在完成進行式」則表示從過去到現在一直在做這個動作，且動作還會持續進行，而持續進行多久時間，通常會用介系詞 for 來表示。現在就來瞭解現在完成進行式的用法吧！

　必學重點　have / has＋been＋動詞-ing＝已經＋持續＋正在完成…

重點分析①

　　現在完成進行式＝現在完成式＋現在進行式，因此必須把放在 have / has 後面的 be 動詞改成「過去分詞」的 been，而後面的動詞-ing 仍然表示動作正進行中。因此，我們可以把 have / has 看成是「已經」，把 been 看成是「持續」的意思，而動詞-ing 就表示動作正在進行。

【現在進行式、現在完成式、現在完成進行式的使用情境比較】

現在進行式

I am **eat**ing it.

我正在吃！

現在完成式

I have **eat**en it.

我已經把它吃完了！

現在完成進行式

I have been **eat**ing it.

我已經吃了一會兒，但還沒吃完！

重點分析②

先前提到 for 這個介系詞是「為了，對於」的意思，但 for 也可以當作「經過了多久時間」。因此我們在現在完成進行式裡，也常會用 for 來表示「持續多久時間」。

例句分析

我已經持續工作 3 小時了。

中文：我已經持續工作 3 小時了。

英文：我＋已經＋持續＋工作-ing＋經過 3 小時。

＝我＋have＋been＋工作-ing＋經過 3 小時

＝I have been working for three hours.（○）

常見錯誤

I have working for three hours.（X）

have 後面要接 am 的過去分詞＝have been。

現在完成進式的概念好像很複雜，但只要記得，它就是「已經」＋「持續」的概念，將這概念放入句子中，就會發現它一點也不難！

1. 他已經洗完車了嗎？

_____

2. 不，他還沒有洗完車。

_____

3. 他已經持續洗車 2 小時了。

_____

4. 為什麼他已經持續洗車 2 小時了？

_____

5. 他已經持續洗車 2 小時是因為那輛車非常髒。

_____

6. 你的女兒正在哭嗎？

_____

7. 是的，她已經持續哭了 40 分鐘。

_____

8. 為什麼她已經持續哭 40 分鐘呢？

_____

9. 因為她還沒有完成她的作業（**homework**）。

_____

重點分析③

現在完成式或現在完成進行式除了常搭配 for 來表示經過了多久時間之外，也常搭配 since 這個介系詞，表示從什麼時候開始。例如，「從 5 點開始他就一直在工作。（He has been working since five o'clock.）」，表示他從 5 點持續工作到現在且還沒有停止。

例句分析 1

我從 2 點開始就一直在游泳。

中文：我從 2 點開始就一直在游泳。

英文：我＋已經＋持續＋游泳-ing＋從 2 點開始

＝我＋have＋been＋游泳-ing＋從 2 點開始

＝I have been **swimming** since **two o'clock.**（○）

馬上試試看②

下面的題目要注意！不是每一題都是用現在完成進行式，也有現在完成式。

1. 他已經完成他的作業了嗎？

2. 不，他還沒有完成他的作業。

3. 從 3 點開始他就一直在睡覺。

4. 他已經持續睡了 4 小時。

5. 為什麼從 3 點開始他就一直在睡覺？

6. 因為今天他非常累。

7. 今天下午（**this afternoon**）他已經持續走了 1 小時。

8. 為什麼今天下午他已經持續走了 1 小時？

9. 因為他的自行車壞了。

馬上試試看①

1. Has he washed the car?

2. No, he has not washed the car.

3. He has been washing the car for two hours.

4. Why has he been washing the car for two hours?

5. He has been washing the car for two hours because that car is very dirty.

6. Is your daughter crying?

7. Yes, she has been crying for forty minutes.

8. Why has she been crying for forty minutes?

9. Because she has not finished her homework.

- -

馬上試試看②

1. Has he finished his homework?

2. No, he has not finished his homework.

3. He has been sleeping since three o'clock.

4. He has been sleeping for four hours.

5. Why has he been sleeping since three o'clock?

6. Because he is very tired today.

7. He has been walking for one hour this afternoon.

8. Why has he been walking for one hour this afternoon?

9. Because his bicycle was broken.

過去（簡單）式的用法

He played in the park yesterday.

他昨天在那個公園玩。

英文和中文，哪裡不一樣？

在英文裡，要表示過去所發生的行為，必須和現在所發生的行為做區別，這一點和中文非常不同，而這種區別就反映在「動詞時態」上，要用「過去式動詞」。既然是過去所發生的行為，通常句子裡也會搭配「過去的時間」喔！

 必學重點　過去簡單式＝過去式動詞（＋過去的時間）

重點分析①

過去簡單式和現在簡單式的用法其實是一樣的，只是動詞的寫法不同，且往往會搭配「過去的時間」，其餘和現在簡單式用法一樣。因此只要注意動詞的「過去式變化」以及可能的過去時間，很快就能學會。

重點分析②

通常動詞的過去式和過去分詞長得一模一樣，尤其是規則變化（「動

詞-ed」）的情況，如 open 的過去分詞和過去式都是「open＋ed＝opened」。不過還是有一些動詞的過去式與過去分詞長得不一樣，稱為「不規則變化」的，只要稍微注意，幾次練習後，就會記住！

一定要知道的動詞過去式

現在式 be 動詞	am	are	is
過去式 be 動詞	was	were	was

現在式助動詞	do	does
過去式助動詞	did	did

注意

動詞過去式雖然和過去分詞寫法大多相同，但是過去分詞必須和 have/has 結合（構成「完成式」，表示「動作／行為的完成或持續」），才可構成「句子裡的動詞」，而動詞過去式本身就是真正的動詞，兩者不可混淆！

重點分析③

常見過去簡單式可能搭配的時間副詞

中文	昨天	昨晚	去年	以前	之前
英文	yesterday	last night	last year	before	ago

例句分析 1

他昨天在那個公園玩。

中文：他昨天在那個公園玩。（play 的過去式＝played）

英文：他＋玩耍＋在那個公園＋昨天

＝他＋played＋在那個公園＋yesterday

＝He played in the park yesterday. （○）

常見錯誤

He plays in the park yesterday.（✗）

句尾有「昨天」，要用動詞過去式「played」。

例句分析 2

他 3 天前去了那個動物園。

中文：他 3 天前去了那個動物園。

英文：他＋去＋to＋那個動物園＋3 天前

　　＝He＋went＋to＋那個動物園＋three days ago

　　＝He went to the zoo three days ago.（○）

常見錯誤

He goes to the zoo three day ago.（✗）

句尾有「三天前」，要用動詞過去式「went」，另外「三天」的 day 要加 s。

例句分析 3

他昨天在那個森林跑步嗎？
不，他昨天沒有在那個森林跑步。

中文：他昨天在那個森林跑步嗎？

英文：他＋跑步＋在那個森林＋昨天？

　　＝Did＋he＋run＋在那個森林＋昨天

　　＝Did he run in the forest yesterday?（○）

常見錯誤

Does he runs in the forest yesterday?（✗）

助動詞「Does」要改成過去式「Did」，而助動詞「Did」後面的動詞，一樣要打回原形＝run。

中文：不，他昨天沒有**在那個森林**跑步。

英文：不，他＋沒有＋跑步＋在那個森林＋昨天

＝No＋he＋didn't＋run＋在那個森林＋昨天

＝No, he didn't run in the forest yesterday.（○）

常見錯誤

No, he doesn't run in the forest yesterday.（✗）

助動詞「doesn't」要改成過去式「didn't」。

馬上試試看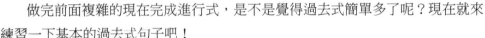

做完前面複雜的現在完成進行式，是不是覺得過去式簡單多了呢？現在就來練習一下基本的過去式句子吧！

1. 我以前是（一位）醫生。

_____

2. 你以前是（一位）醫生嗎？

_____

3. 是的，我以前是（一位）醫生。

_____

4. 因為我喜歡教英文，我現在是（一位）英文老師。

_____

5. 你何時在這個城市（**city**）教英文呢？

_____

6. 去年我開始在這個城市教英文。

_____

7. 你以前在哪裡教英文？

_____

8. 我兩年前（**two years ago**）在臺北教英語。

_____

9. 臺北也是一個漂亮的城市。

_____

參考答案

馬上試試看

1. I was a doctor before.

2. Were you a doctor before?

3. Yes, I was a doctor before.

4. Because I like to teach English, I am an English teacher now.

5. When did you teach English in this city?

6. I started to teach English in this city last year.

7. Where did you teach English before?

8. I taught English in Taipei two years ago.

9. Taipei is also a beautiful city.

過去進行式的用法

He was sleeping at three o'clock yesterday afternoon.

昨天下午 3 點他正在睡覺。

英文和中文，哪裡不一樣？

　　「yesterday afternoon」是「昨天下午」的意思，屬於「時間副詞」。因此「在過去某個時間點正在進行的動作」，就必須使用「過去進行式」。要特別注意的是，當句子裡面同時存在「小時間」和「大時間」時，要先寫「小時間」，再寫「大時間」。

 必學重點　過去進行式＝was / were＋動詞-ing＋在過去時間點

重點分析①

　　過去進行式用來表示在過去某個時間點或之前，動作正在進行的狀態，所以它的用法和現在進行式一樣，差別只在於把 am / are / is 改成過去式的 be 動詞＝was / were，再加上過去時間，如此就完成過去進行式的寫法了。

重點分析②

　　時間副詞本身在文法結構上就是「介系詞＋時間名詞」的概念，所以不需要再加介系詞 at / in / on，如同地方副詞 here / there / home... 等，前面也不用加 at / in / on / to。另外要注意的是，當句子裡面同時存在「小時間」和「大時間」時，要先寫「小時間」，再寫「大時間」。

【 現在進行式、過去簡單式、過去進行式的使用情境比較 】

現在進行式
I am sleeping.
（我正在睡！）

過去簡單式
I slept.
（我睡过了！）

過去進行式
I was sleeping.
（我之前在睡（但現在醒了！））

例句分析 1

昨天下午 3 點他正在睡覺。

中文：昨天下午 3 點他正在睡覺。

英文：他正在睡覺＋在 3 點＋昨天下午

　　＝He was sleeping at three o'clock yesterday afternoon.（○）

（時間副詞 yesterday afternoon 表示「在昨天下午」，所以前面不需要加介系詞 in。at 後面要接「精準時間」，因此「在 3 點＝at three o'clock。）

常見錯誤

He is sleeping yesterday afternoon at three o'clock.（✗）

過去進行式要用 was sleeping；同時存在「小時間」和「大時間」時，要先寫「小時間」，再寫「大時間」。

當他昨晚來這裡時，我正在唱歌。

中文：當他昨晚來這裡時，我正在唱歌。

英文：當他來這裡＋昨晚＋我正在唱歌（come 的過去式＝came）

＝When he came here last night, I was singing.（○）

馬上試試看 ▶▶▶

　　因為過去進行式講的是在過去某時間點正在做或正在發生的事，所以句中常會出現一個過去精確的時間點，表示「就在那個時候，我在做這件事」。看看下面的習題，是不是也是這樣呢？

1. 你昨天早上（**yesterday morning**）9 點正在做什麼？

_____

2. 我昨天早上 9 點正在海上游泳（**swimming**）。

_____

3. 昨天早上有多少人在海上呢？

_____

4. 昨天早上大約有 25 個人在海上。

_____

5. 昨天我在游泳時，你正在做（**doing**）什麼？

_____

6. 當你在游泳時，我正在做我的作業。

_____

7. 昨天下午 5 點他在做什麼？

_____

8. 昨天下午 5 點他在客廳看（**watching**）電視。

 參考答案

馬上試試看

1. What were you doing at nine o'clock yesterday morning?

2. I was swimming in the sea at nine o'clock yesterday morning.

3. How many persons were there in the sea yesterday morning?

4. There were about twenty-five persons in the sea yesterday morning.

5. When I was swimming yesterday, what were you doing?
   (What were you doing when I was swimming yesterday?)

6. When you were swimming, I was doing my homework.

7. What was he doing at five o'clock yesterday afternoon?

8. He was watching TV in the living room at five o'clcok yesterday afternoon.

過去完成式的用法

Has he washed the car?

他已經洗完車子了嗎？

Yes, he had wased the car yesterday.

是的，他昨天就已經洗完車子了。

英文和中文，哪裡不一樣？

前面已經學過「現在完成式」用來表示「從過去到現在，動作已經完成的狀態」。而現在要介紹的「過去完成式」則表示「從過去一個時間點到過去另一個時間點，動作已經完成的狀態」，所以「過去完成式」就是「在過去一段期間，動作已經完成」的意思！

 必學重點　had＋動詞-ed＋過去時間＝過去已經＋完成…

重點分析①

現在完成式＝have / has＋動詞-ed，這裡的「動詞-ed」稱為過去分詞；而過去完成式只需要將 have / has 改成 had，後面一樣是接「動詞-ed」，並配合「在過去的某一段期間」的時間副詞就完成了！

【 過去簡單式、現在完成式、過去完成式的使用情境比較 】

過去簡單式
I hid it.

現在完成式
I have hidden it.

過去完成式
I had hidden it.

例句分析

他昨天已經洗車了。

中文：他昨天已經洗車了。

英文：他＋已經＋洗＋車＋昨天（wash 的過去分詞 washed）

＝他＋had＋washed＋車＋昨天

＝He had washed the car yesterday.（○）

常見錯誤

He has washed the car yesterday.（×）

過去完成式要將 have / has 改成 had。

注意

之前學過「arrive」＝「抵達」的意思，通常「抵達大的地方」是「國家／城市」會用 in 這個介系詞，寫成「arrive in＋國家／城市」，若「抵達小的地方」是「公園／車站」會用 at 這個介系詞，寫成「arrive at＋公園／車站」。

下面的題目中，「去日本了」表示「人現在在日本了」，所以要用 gone 而不是 been！一起來看看和瑪麗的日本之旅相關的句子吧！

1. 瑪麗昨天就已經去（**gone**）日本了嗎？

_____

2. 是的，她昨天就已經去日本了。

_____

3. 她何時抵達日本（**arrive in Japan**）？

_____

4. 她昨天下午 2 點抵達日本。

_____

5. 比利昨天也已經抵達（**arrived**）日本了嗎？

_____

6. 是的，比利昨天早上（**yesterday morning**）已經抵達日本了。

_____

7. 今天早上（**this morning**）你已經打電話（**called**）給他們了嗎？

_____

8. 是的，今天早上 11 點我已經打給他們了。

_____

9. 今天早上他們已經完成（**finished**）他們的工作了嗎？

_____

10. 當我打給他們時，他們已經完成了他們的工作。

_____

重點分析②

before 除了可以當時間副詞表示「以前」之外，也可以當連接詞。而 before 的用法和 when 相同，都可放在句首或句中連接前後兩個句子。

例句分析

在我回家以前，我弟弟就已經生病了。

1. Before＋句 1(,)＋句 2

中文：在我回家之前，我弟弟就已經生病了。（is 的過去分詞＝been）

英文：Before＋我回家＋我弟弟已經生病了

＝Before I came home, my brother had been sick.（○）

常見錯誤

My brother had sick.（×）

sick 是形容詞，不是動詞，唯一的動詞是 is，所以要將 be 動詞 is 改成過去分詞 been。

2. 句 1＋before＋句 2

中文：在我回家以前，我弟弟已經生病了。（is 的過去分詞＝been）

英文：我弟弟已經生病了＋before＋我回家

＝My brother had been sick before I came home.（○）

馬上試試看② >>>

下面的句子中會練習到連接詞 before 的用法，搭配過去完成式一起寫寫看！

1. 在你到達這裡以前，你媽媽已經生病了。

_____

2. 她何時生病的？

_____

3. 你媽媽 6 天前（six days ago）就已經生病了。

_____

4. 她喝過任何的（any）水嗎？

_____

5. 是的，她已經喝了（drunk）一些水，在你到達這裡以前。

_____

6. 你想要吃一些麵包嗎？

_____

7. 我現在不餓。

_____

8. 我來這之前已經吃了（**eaten**）許多東西（**many things**）了。

_____

 參考答案

馬上試試看①

1. Had Mary gone to Japan yesterday?

2. Yes, she had gone to Japan yesterday.

3. When did she arrive in Japan?

4. She arrived in Japan at two o'clock yesterday afternoon.

5. Had Billy also arrived in Japan yesterday?

6. Yes, Billy had arrived in Japan yesterday morning.

7. Had you called them this morning?

8. Yes, I had called them at eleven o'clock this morning.

9. Had they finished their work this morning?

10. When I called them, they had finished their work.

- -

馬上試試看②

1. Before you arrived here, your mother had been sick.

2. When was she sick?

3. Your mother had been sick six days ago.

4. Did she drink any water?

5. Yes, she had drunk some water before you arrived here.

6. Do you want to eat some bread?

7. I am not hungry now.

8. I had eaten many things before I came here.

   (Before I came here, I had eaten many things.)

Lesson **50**

過去完成進行式的用法

When you arrived here yesterday, I had been sleeping for three hours.

昨天你抵達這裡時,我已經持續睡了 3 小時。

英文和中文,哪裡不一樣?

　　過去完成進行式的重點不在於動作是否已經完成,而是強調當時正在做什麼,且是持續在做。如同例句:昨天你抵達這裡時,我已經持續睡了 3 小時。從句中我們可看出,在對方到達之前,我「正在睡覺」,且睡覺的動作是持續進行中的,然後這些情況都發生在「昨天」。因此過去完成進行式主要還是強調「當時正在做什麼」喔!

 had＋been＋動詞-ing＋過去時間＝已經＋持續＋正在完成……＋在當時

重點分析①

　　過去完成進行式必須把 have / has 改成 had,把 be 動詞改成 been,而後面的動詞-ing 表示動作仍然進行中。因此,我們可以把 had 看成是「已經」,把 been 看成是「持續」的意思,而動詞-ing 則是「動作正在進行」的意思。

for 這個介系詞,除了表示「為了對於…而言」,也可以當「持續了…(多久時間)」的意思。因此在過去完成進行式裡,也常使用到 for,以表示持續或經過多久時間。

例句分析 1

今天早上當你看見我時,我已經持續工作 3 小時了。

中文:今天早上當你看見我時,我已經持續工作 3 小時了。

英文:當+你看見我+今天早上+,我已經持續工作+for 3 小時了

=When you saw me this morning, I had been working for three hours. (○)

常見錯誤

When you see me this morning, I had been working for three hours. (X)

「今天早上」在這句子裡是過去的時間,要用過去式 saw,不能用原形的 see。

例句分析 2

在你抵達中國之前,已經持續下雨 5 小時了。

中文:在你抵達中國之前,已經持續下了 5 個小時的雨。(用 it 代表天氣)

英文:Before 你抵達中國+,+(天氣)已經持續下雨+for+5 小時

=Before you arrived in China, it had been raining for five hours. (○)

常見錯誤

Before you arrived China, it had been raining for five hours. (X)

arrive 是不及物動詞,因為後面有名詞 China,所以兩者中間一定要有介系詞。「抵達大的地方」如「國家/城市」,要用 arrive in 來表示。

馬上試試看①　▶▶▶

過去完成進行式好像很難，但其實和前面學過的現在完成進行式差不多，只是事情發生在過去，所以要把 has / have 改成 had。先做個短短的練習吧！

1. 昨天下午你在公園裡跑步嗎？

_____

2. 是的，昨天下午當你看見我時，我正在公園裡跑步。

_____

3. 在你看見我之前，我已經持續跑了 45 分鐘。

_____

4. 昨天下午你也在公園裡跑步嗎？

_____

5. 不，昨天下午我在公園等（**waited for**）我媽媽。

_____

6. 在我看見你之前，我已經持續等（**been waiting for**）我媽媽 2 小時了。

_____

重點分析②

過去完成進行式除了常搭配「for」來表示「經過多久時間」，也常搭配「since」這個介系詞來表示「從什麼時候開始」。例如，「你來這之前，就已經一直在下雨了，從昨天下午 2 點開始的」，記住！這裡一樣用「it」來代表「天氣」。

例句分析

在你來這之前，就從昨天下午 2 點開始一直在下雨了。

中文：你來這之前，就從昨天下午 2 點開始一直在下雨了。（用 it 代表天氣）

英文：你來這之前＋，it＋已持續下雨＋從昨天下午 2 點開始

=Before you came here, it had been raining since two o'clock yesterday afternoon.（○）

since at two o'clock in yesterday afternoon.（✗）

since 和 at 在這裡都是介系詞，而介系詞後面必須直接接名詞，且這兩個介系詞不能同時使用；「yesterday afternoon」和「now」的一樣，都可以當時間副詞，不是名詞，所以前面不用加 in。

注意

形容詞 rainy 是「下雨的」的意思。「今天是個雨天」，通常會用「a rainy day」來代表「一個下雨的日子」。「我喜歡下雨天」，則指「所有下雨的日子」，通常會用複數來代表，寫成「I love rainy days.」。

馬上試試看② ▶▶▶

請注意，雖然本課重點是過去完成進行式，不過以下題目並不是每一題都要用到過去完成進行式來表達喔！

1. 你現在正在做什麼？

_____

2. 我現在正在讀（**studying**）歷史。

_____

3. 你已經讀（**have studied**）歷史多久（**how long**）了？

_____

4. 在你打給我之前，我已經從下午 2 點開始就一直在讀歷史了。

_____

5. 你想要和我去動物園嗎？

_____

6. 我今天不想去動物園，因為今天是雨天（**a rainy day**）。

_____

7. 在你打給我之前，就已經從早上 8 點一直下了 7 個小時的雨。

_____

8. 我不喜歡下雨天，而且動物園裡的動物們也不喜歡下雨天（**rainy days**）。

_____

參考答案

馬上試試看①

1. Did you run in the park yesterday afternoon?

2. Yes, I was running in the park when you saw me yesterday afternoon.

3. Before you saw me, I had been running for forty-five minutes.

4. Did you also run in the park yesterday afternoon?

5. No, I waited for my mother at the park yesterday afternoon.

6. Before I saw you, I had been waiting for my mother for two hours.

馬上試試看②

1. What are you doing now?

2. I am studying history now.

3. How long have you studied history?

4. Before you called me, I had been studying history since two o'clock in the afternoon.

5. Do you want to go to the zoo with me?

6. I don't want to go to the zoo today, because today is a rainy day.

7. Before you called me, it had been raining for seven hours since eight o'clock in the morning.

8. I don't like rainy days, and the animals in the zoo don't like rainy days either.

Lesson **51**

未來（簡單）式的用法

It will rain tomorrow.

明天將會下雨。

英文和中文，哪裡不一樣？

　　目前已經學過「現在（簡單）式」和「過去（簡單）式」的用法，英文裡面還有一個時態叫作「未來（簡單）式」的用法。而未來式與現在式及過去式最大的差別在於，事情還沒有真正發生，只是對於「未來或將要發生」的事情「先做預告」！中文裡的「將要…」，如同英文「will」的用法，就是用來表示「未來要發生的事情」。當然，未來式就要搭配「未來的時間」，如「明天」、「下個月」…等，來符合句中未來式的語意！

必學重點　未來（簡單）式＝助動詞 will ＋原形動詞

重點分析①

　　「will」意思是「將要」，沒有了「will」，就無法表達未來式中「將要做什麼」的意思。另外要注意，「will」是用來幫助形成未來式的助動詞，和助動詞 do / does 用法一樣，必須將後面的動詞「打回原形」。

注意 1

按照文法來說，第一人稱 I 和 we 必須用「shall」來表示「將要…」，但是從使用習慣上來說，第一、第二、第三人稱都可以使用「will」來表示。所以無論是第幾人稱，還是先用「will」來表達「將要」才不會搞混。

注意 2

若以語意來看，「shall」其實比較接近「應該要」、「必須」的意思，和「will（將要）」在語意上還是有些微小的差異！

以下是常用來表示未來簡單式的時間副詞。記住，既然是「時間副詞」，前面就不用再加介系詞 in、on… 喔！

明天	明天下午	後天	下星期	下個月
tomorrow	tomorrow afternoon	the day after tomorrow	next week	next month

【 現在（簡單）式、過去（簡單）式、未來（簡單）式的使用情境比較 】

現在（簡單）式
She likes you.
她喜歡你！

過去（簡單）式
She liked you.
她以前喜歡過你！

未來（簡單）式
She will like you.
她会喜欢上你的！

明天下午會下雨（rain）。

中文：明天下午將會下雨。

英文：天氣＋將會＋下雨＋明天下午

　　　＝It will rain tomorrow afternoon.（○）

常見錯誤

It will rains in tomorrow afternoon.（✗）

will 後面的 rains 要打回原形＝rain；「明天下午」是時間副詞，前面不用再加介系詞 in。

例句分析 2

我今晚 9 點會上床睡覺（go to bed）。

中文：我將會在今晚 9 點上床睡覺。

英文：我＋將會＋上床睡覺＋在 9 點＋今晚

　　　＝I will go to bed at nine o'clock tonight.（○）

常見錯誤

I will go to the bed at nine o'clock in tonight.（✗）

「上床睡覺」的用法和「回家」一樣，床和家都是固定的，不用再加 the；「tonight」是時間副詞，前面不用再加介系詞 in。

重點分析②

　　表示未來的「will」用於疑問句時，和現在簡單式的疑問句助動詞「do / does」用法相同，只要將 will 放在句首，就可形成疑問句了，但是要記得將「will」後面的動詞保持「原形」。至於「will」的否定句，也是跟助動詞「do / does」一樣，在後面加上 not，變成 will not，就可形成否定句的形態。

例句分析 1 will 的疑問句

你明天會來北京（Beijing）嗎？

中文：你明天將會來北京嗎？

英文：Will＋你＋來北京＋明天？

＝Will **you** come to **Beijing** tomorrow?（○）

常見錯誤

Will you come Beijing tomorrow?（✕）

come here 和 come to「北京」不同，因為「北京」是（專有）名詞，前面要加介系詞 to；「here」是地方副詞，前面不用加 to。

例句分析 2 will 的否定句

我下星期不會去上學。

中文：我下星期將不會去上學。

英文：我＋將不會＋去上學＋下星期

＝我＋will not＋去上學＋下星期

＝I will not go to school **next week**.（○）

常見錯誤

I will not go to the school next week.（✕）

「去上學」和「去上床睡覺」一樣，因為學校和床通常都是固定的，所以不用加 the。

馬上試試看 ▶▶▶

　　未來簡單式講的是以後的事，所以也常和未來的時間點一起出現。在和別人討論以後的計畫時，未來式就非常好用了。多練習幾題熟悉一下吧！

　　1. 你現在正在做什麼？

2. 我正計畫去拜訪（**visit**）我的老朋友。

_____

3. 你何時會去拜訪你的老朋友呢？

_____

4. 我後天（**the day after tomorrow**）會去拜訪我的老朋友。

_____

5. 你的朋友住（**live**）在哪裡呢？

_____

6. 我朋友住在北京（**Beijing**）。

_____

7. 你會停留在那裡多少天呢？

_____

8. 我會停留在北京一個星期。

_____

9. 你曾經去過北京嗎？

_____

10. 不，我還沒有去過北京。

_____

 參考答案

馬上試試看
1. What are you doing now?
2. I am planning to visit my old friend.
3. When will you visit your old friend?
4. I will visit my old friend the day after tomorrow.
5. Where does your friend live?
6. My friend lives in Beijing.
7. How many days will you stay there?
8. I will stay in Beijing for one week.
9. Have you ever been to Beijing?
10. No, I have not been to Beijing.

Lesson 52

未來進行式的用法

John will be swimming at eight o'clock tomorrow morning.

約翰明天早上 8 點那時將正在游泳。

英文和中文，哪裡不一樣？

　　未來進行式就是「未來某個時間點將正在做什麼」，英文寫成「will＋be＋動作-ing」。其中「be」是 am / are / is 的「原形動詞」，因為 will 是「助動詞」，後面的動詞必須「打回原形」。另外要注意的是，當句子裡同時存在「小時間」和「大時間」時，要先寫「小時間」，再寫「大時間」。

 必學重點　未來進行式＝will＋be＋動作-ing

重點分析

　　從「約翰明早 8 點那時將正在游泳」這句話中可以知道，明早 8 點要找約翰的話，可以在游泳池找到他。這樣的說法，結合了未來式與進行式，因此可以用未來進行式來表達。

之前學到「現在進行式＝am / are / is＋動詞-ing」以及「過去進行式＝was / were＋動詞-ing」，現在來認識「未來進行式＝will＋be＋動詞-ing」。其中的「be」，是 am / are / is 被助動詞 will「打回原形」。要特別注意的是，初學者常會忘了寫上原形動詞「be」喔！

例句分析 1

明天下午那時候我將正在看電視。

中文：明天下午那時我將正在看電視。

英文：我＋將＋是＋看電視-ing＋明天下午

= I will be watching TV tomorrow afternoon.（○）

常見錯誤

I will am watching TV tomorrow afternoon.（X）

will 後面的 am 要打回原形＝be。

【未來（簡單）式、現在進行式、未來進行式的使用情境比較】

未來（簡單）式

I will watch TV.

現在進行式

I am watching TV.

未來進行式

I will be watching TV.

注意

「home」可當「名詞」，也可當「地方副詞」。home 當「名詞」時，習慣和介系詞「at」搭配，所以「在家＝at home」，那麼「我在家。＝I am at home.」。當 home 當「地方副詞」時，「我在家。＝I am home.」，用法就和「I am here.」相同。「home」和「here」本身就是「副詞」，已經輔助說明了位置狀況，所以前面就不需要加介系詞 at 了。

例句分析 2

明天下午瑪麗會在家睡覺。

中文：明天下午瑪麗將在家睡覺。

英文：瑪麗＋將會＋是＋睡覺 ing＋在家＋明天下午

　　＝Mary will be sleeping at home tomorrow afternoon.

　　（○）（home 當「名詞」時）

　　＝Mary will be sleeping home tomorrow afternoon.

　　（○）（home 當「地方副詞」時）

常見錯誤

Mary will is sleeping at the home tomorrow afternoon.（✗）

will 後面的 is 要打回原形「be」；通常「家」只有一個，所以「home」當名詞時，前面不加 the。

馬上試試看 >>>

　　未來進行式說的是在未來的某個時間點，某件事正在進行，所以下面的句子中，也會看到確切的時間點。記得「時間」要放在句子的最後面哦！

1. 你明天早上 10 點會和我去博物館（**museum**）嗎？

_____

2. 不，我明天早上 10 點不會和你去博物館。

_____

3. 因為我明天早上 10 點將正在洗（**washing**）我的車。

4. 明天下午 3 點你會和我去書店嗎？

5. 不，我明天下午 3 點不會和你去書店。

6. 因為我明天下午 3 點將正在拜訪（**visiting**）我叔叔。

7. 明天晚上你會在家嗎？

8. 是的，明天晚上我會在家。

9. 你明天晚上 7 點會和我去公園散步（**walk with me in the park**）嗎？

10. 不，我明天晚上 7 點不會和你去公園散步。

11. 因為我明天晚上 7 點將正在念英文。

 參考答案

馬上試試看

1. Will you go to the museum with me at ten o'clock tomorrow morning?
2. No, I will not go to the museum with you at ten o'clock tomorrow morning.
3. Because I will be washing my car at ten o'clock tomorrow morning.
4. Will you go to the bookstore with me at three o'clock tomorrow afternoon?
5. No, I will not go to the bookstore with you at three o'clock tomorrow afternoon.
6. Because I will be visiting my uncle at three o'clock tomorrow afternoon.
7. Will you be (at) home tomorrow evening?
8. Yes, I will be (at) home tomorrow evening.
9. Will you walk with me in the park at seven o'clock tomorrow evening?
10. No, I will not walk with you in the park at seven o'clock tomorrow evening.
11. Because I will be studying English at seven o'clock tomorrow evening.

Lesson 53

未來完成式的用法

She will have finished her work by two o'clock this afternoon.

今天下午 2 點前她將已經完成她的工作。

英文和中文，哪裡不一樣？

　　之前學過完成式，就是「動作已經完成，且這個完成的結果或狀態持續下去」。現在要來認識未來完成式。它的用法和現在完成式／過去完成式一樣，都是用來表達「動作已經完成」。而未來完成式的差別只在於，要點出「未來要完成的時間」，所以要把助動詞「will（將要）」放進句子裡，記得will 後面一定要用打回原形的 have！

 必學重點　未來完成式＝will＋have＋動詞-ed

重點分析

　　未來完成式＝will＋have＋動詞-ed，這裡的「動詞-ed」就是「過去分詞」，要把整個「will＋have＋動詞-ed」看作是句子的動詞，所以不會有同時存在兩個動詞的問題。另外要注意，will 是助動詞，後面的「已經」要用原形的 have。

他明天就會看完這本書了。

中文：他將已看完這本書。

英文：他＋將會＋已經＋看完＋這本書＋明天

　　＝He will have read this book tomorrow.（○）

常見錯誤

He will has read this book tomorrow.（X）

will 後面的「has」要打回原形寫成「have」。

【現在完成式、未來簡單式、未來完成式的使用情境比較】

現在完成式

I have eaten it.

我已經吃完了！

未來簡單式

I will eat it.

我以後會吃它！

未來完成式

I will have eaten it.

我到時候已經吃完了，所以你要的話就先吃！

口是心非

注意 1

「在幾點之前」可以用介系詞「by」來表示，所以「在 2 點前」可以寫成「by two o'clock」。因此「by」可以當作表示「時間點」的介系詞＝「在…幾點之前」。另外，之前學過的「before＝以前」也可以用來表示「在某個時間點以前」，因此「在 2 點之前」也可以寫成「before two o'clock」。

注意 2

不過「by」和「before」在含義上還是有些微小的差異。「by」指的是「截至某個時間點為止」或是「不晚於…（no later than...）」，所以是包括這個時間點，亦即「by two o'clock」指的是「最晚 2 點以前」（包含「2 點」）。而「before two o'clock」指「2 點前但不包含 2 點」這個時間。

before 的用法複習

before 可作時間副詞，意思是「以前」，如「我以前見過她」＝「I saw her before.」。此外，before 也可以作介系詞，表示「在…以前」，如「我 9 點前會上床睡覺。」＝「I will go to bed before nine o'clock.」。before 還可以當連接詞＝「在…之前」，可放在句中／句首連接兩個句子，如「他已經睡了，在你來這之前」＝「He had slept before you came here.」，或寫成「Before you came here, he had slept.」。

例句分析 2

那班火車在（train）5 點前將已離開。（leave 的過去分詞＝left）

中文：那班火車在 5 點前將已經離開。

英文：那趟火車＋將會＋已經＋離開＋在 5 點之前

=That train will have left by five o'clock.（○）

（基本上用 by 和 before 都沒錯，但如果火車的出發時間是 5 點，用 by 會比用 before 符合題意。）

在你抵達這裡之前我將已經洗完你的車子了。

（wash 的過去分詞＝washed）

中文：在你抵達這裡之前我將已把你的車洗好。

英文：我＋將會＋已經＋洗完＋你的車＋在你抵達這裡之前

　　＝I will have washed your car before you arrive here.

　　（○）

（「before」在這當做兩個句子的連接詞，表達「在⋯（事件）之前」。）

常見錯誤

I will have washed your car by you arrive here.（X）

by 後面是個完整的句子，因為 by 不能當連接詞，所以要用 before 才行。

馬上試試看 >>>

　　會用到未來完成式，表示說話者預計到時候這件事一定做完了。因此，在下面的句子中，我們也會看到說話的人回答「我是確定的」！

1. 你已經完成你的功課了嗎？（finish 的過去分詞＝finished）

_____

2. 不，我還沒有完成我的功課。

_____

3. 你何時會完成你的功課？

_____

4. 我在 5 點前會就會完成我的家庭作業（by）。

_____

5. 你確定嗎？

_____

6. 是的，我確定。

7. 你已經打掃完你的臥室了嗎？（clean 的過去分詞＝cleaned）

8. 還沒，我還沒打掃完我的臥室。

9. 你何時會打掃完你的臥室？

10. 我會在我老公（husband）回到家之前打掃完我的臥室。

 參考答案

馬上試試看

1. Have you finished your homework?

2. No, I have not finished my homework.

3. When will you have finished your homework?

4. I will have finished my homework by five o'clock.

5. Are you sure?

6. Yes, I am sure.

7. Have you cleaned your bedroom?

8. No, I have not cleaned my bedroom.

9. When will you have cleaned your bedroom?

10. I will have cleaned my bedroom before my husband come home.

Lesson 54

未來完成進行式的用法

I will have been waiting for you for three hours by five o'clock.

到 5 點的時候，我將已持續等你 3 個小時了。

英文和中文，哪裡不一樣？

　　基本上，「未來完成進行式」與「未來完成式」都用來表示「未來已經完成」的狀態。兩者差別在於，未來完成進行式特別強調事情「持續進行」的狀態，而未來完成式只是簡單敘述事情「將會完成」的狀態。例如，「到 5 點的時候，我將已連續等你 3 個小時」，可以看出整句強調在未來某時間點時，某個動作已經「持續多久」的狀態。

 必學重點　　未來完成進行式＝will＋have＋been＋動詞-ing

重點分析

　　「未來完成進行式」句子必須有 will（將要），並放在 have（已經）been（持續）前面＝will have been，然後再加上動詞-ing（動作持續進行），變成 will have been 動詞-ing，用來表示未來持續進行並將完成的動作。

【未來簡單式、現在完成式、未來完成進行式的使用情境比較】

未來簡單式

I will wait
for 1 hour.

我會等1小時，
再晚就不等了！

現在完成式

I have waited
for 1 hour.

我已經等1小時了，
怎麼還不來？

未來完成進行式

I will have been
waiting for 1 hour.

我到時候就已經
等1小時了，我
當然不想等啊！

例句分析 1

到 5 點時他將已持續等你 3 小時了。

中文：到 5 點時，他將已持續等你 3 小時了。（wait 的現在分詞＝
waiting）

英文：他＋將＋已經＋持續＋等待-ing＋為了你＋for 3 小時＋在 5 點之前
＝He will have been waiting for you for three hours by
five o'clock.（○）

常見錯誤

He will has been waiting for you for three hours before five
o'clock.（✗）
will 後面的 has 要打回原形＝have。

當我們抵達那裡時，他將已經持續等我們 2 小時了。

中文：當我們抵達那裡時，他將已經持續等我們 2 小時了。

英文：他＋將＋已經＋持續＋等待-ing＋為了我們＋for 2 小時＋when＋
我們抵達那裡

＝He will have been waiting for us for two hours when
we arrive there.（○）

常見錯誤

He will has been waiting for we for two hours when we
arrive there.（X）

will 後面的 has 要打回原形＝have；「等待某人」的「某人」的要用受
格，所以要用 us。

到下個月，我祖父將已經持續住在這裡 10 年了。

中文：到下個月，我祖父將已經持續住在這裡 10 年了。

英文：我祖父＋將＋已經＋持續＋居住-ing＋在這裡＋for 10 年了＋到下
個月

＝My grandfather will have been living here for ten
years next month.（○）

常見錯誤

My grandfather will has been living here for ten years in
next month.（X）

will 後面的 has 要打回原形＝have；next month 是時間副詞，用法和
now 相同，前面不用加 in。

馬上試試看 ▶▶▶

　　未來完成進行式顧名思義就是會出現代表「未來」的 will、代表「完成」的 have，以及代表「進行式」的動詞加 ing。只要掌握這幾點，就能寫出正確的句子了！

1. 你已經開車多久了？（drive 的過去分詞＝driven）

_____

2. 到 8 點我將已經持續開車 4 小時了。

_____

3. 我兒子已經睡多久了？（sleep 的過去分詞＝slept）

_____

4. 到 8 點他將已經持續睡 3 小時了。

_____

5. 你們現在在哪裡？

_____

6. 我們在高速公路（freeway）上，因為我們將要去北京拜訪安妮。

_____

7. 安妮已經在北京住多久了？（live 的過去分詞＝lived）

_____

8. 到下個月，她將已經持續在北京住 10 年了。

_____

9. 她現在正在等你們嗎？

_____

10. 是的，她現在正在等我們。

_____

11. 當我們抵達她家時，她將已等我們 3 小時了。

_____

馬上試試看

1. How long have you driven?

2. I will have been driving for four hours by eight o'clock.

3. How long has my son slept?

4. He will have been sleeping for three hours by eight o'clock.

5. Where are you now?

6. We are on the freeway because we will go to Beijing to visit Anne.

7. How long has Anne lived in Beijing?

8. She will have been living in Beijing for ten years next month.

9. Is she waiting for you now?

10. Yes, she is waiting for us now.

11. She will have waited for us for three hours when we arrive at her house.

Lesson **55**

常用的情態助動詞 can / may / must

Although I am sick today, I can go to school.

雖然今天我生病了，但我可以去上學。

英文和中文，哪裡不一樣？

　　之前已經學過一些助動詞的用法和各種功能，如「do / does」用來幫助形成疑問句或是否定句，而「have / has」用來表達完成式中「已經」的概念，還有「will」則用來表達未來式中「將要」的概念。除了以上所介紹的助動詞之外，還有一些常用的助動詞，現在就讓大家來認識它們吧！

 必學重點 情態助動詞：後面的動詞一樣要「打回原形」喔！

可以／能夠	可以／能夠 （語氣比 can 客氣些）	必須／一定要 （語氣強硬堅決）
can	may	must

重點分析①

　　以上這些常用的助動詞，主要是為了幫助我們更明確表達想法態度。現在來比較以下兩句：「我開車」和「我可以開車」。我們可以發現它們在語意上是不同的，後句的「可以（can）」，表達了「有能力」去做「開車這件事情」。另外像「我看電視」和「我必須看電視」，也可發現後句的「必須（must）」，表達出「非做不可」的態度。

注意 1

這些助動詞的用法和 will 一樣，要形成疑問句時，只需要放在句首就可以。而形成否定句時，也只要在助動詞的後面加上 not 就可以了。不過最重要的是，這些助動詞後面的動詞，都要必須「打回原形」。

注意 2

may 也是「可以」的意思，它的用法和 can 一樣，只不過 may 的語氣會比 can 要來的客氣和委婉些，尤其在請求別人同意時，使用 may 會更加有禮貌。

【 can、may、must 的使用情境比較 】

You can play baseball.

你會打棒球真厲害！

You may play baseball.

你可以打棒球，別太吵就好！

You must play baseball.

你必須打棒球，其它球類都不行！

例句分析 1

安妮會說兩種語言。

中文：安妮可以說兩種語言。

英文：安妮＋可以＋說＋兩種＋語言
＝Anne can speak two languages.（○）

常見錯誤

Anne can speaks two languages.（✕）

can 後面的 speaks 要「打回原形」＝speak。

例句分析 2

今天我不能去上學，因為我生病了。

中文：今天我不能去上學，因為我生病了。

英文：我＋不能＋去上學＋今天＋因為＋我是生病的
＝I can not go to school today because I am sick.（○）

常見錯誤

I can not go to school today because I sick.（✕）

sick（形容詞）＝生病的，前面要加 be 動詞 am。

例句分析 3

我可以出去嗎？（may 表示「委婉的語氣」）

中文：我可以出去嗎？

英文：May I＋去＋外面？
＝May I go out?（○）

（may 的疑問句和 do 的疑問句一樣，都是把助動詞放在句首。

out 在這裡是副詞＝「往外面」的意思，用來輔助說明 go 的狀況。）

你一定是累了（tired）。

中文：你一定是累了。

英文：你＋一定＋是＋疲倦的

　　＝You must be tired.（○）

（tired 是形容詞＝疲倦的，所以前面一定要有 be 動詞。）

常見錯誤

You must are tired.（╳）

must 是助動詞，所以後面的 are 要「打回原形」＝be。

觀念整理

　　have to 意思是「必須」。在語意和用法上，have to 和 must 一樣。must 是助動詞，而 have to 的 to 等同不定詞的 to，所以兩者後面都要接原形動詞。

重點分析②

　　否定的助動詞也常用「縮寫」來表示，如「do＋not＝don't」，「does＋not＝doesn't」，「have＋not＝haven't」，「has＋not＝hasn't」。當「can」要表示否定語氣時，也常縮寫成「can't」＝can not / cannot，意思是「不能夠／不可以」。另外要注意的是，can / can't 的疑問句和 do 的疑問句寫法一樣，都要放在句首，但若是有 wh- 的問句，則是要放在 wh- 等疑問詞後面。

例句分析 1

為什麼他不能去動物園？

中文：為什麼他不能去動物園？

英文：Why＋can't＋他＋去＋動物園

　　＝Why can't he go to the zoo?（○）

（can't 的疑問句和 do 的疑問句寫法一樣，都要放在 why 的後面。）

常見錯誤

Why can't he goes to the zoo?（X）

can 是助動詞，所以 can't 後面的 goes 還是要「打回原形」＝go。

例句分析 2

他不能（can't）去動物園，因為他生病了。

中文：他不能去動物園，因為他生病了。

英文：他＋can't＋去＋動物園＋，＋因為＋他是生病的

＝He can't go to the zoo, because he is sick.（O）

常見錯誤

He can't go to the zoo because he is sick.（X）

這句話如果把逗點去掉，意思會變成「**他不是因為生病了才不能去動物園。**」

馬上試試看　⟫⟫⟫

做做下面的練習，感受一下不同助動詞的語氣吧！

1. 我可以和約翰去圖書館嗎？（用 **can**）

_____

2. 不，你不可以和約翰去圖書館。

_____

3. 為什麼我不能和約翰去圖書館？

_____

4. 因為你還沒有打掃客廳。（**clean** 的過去分詞＝**cleaned**）

_____

5. 你和約翰去圖書館之前，你必須打掃客廳。

_____

6. 我可以問你一個問題嗎？（用 **may**）

_____

7. 是的，你可以。

_____

8. 你喜歡我的新收音機嗎？

_____

9. 是的，我非常喜歡（**like it**）。

_____

10. 如果現在你允許我和約翰去圖書館，我可以借你那台新收音機。

_____

11. 如果你可以在 6 點之前回家，我可以接受你的請求（**request**）。

_____

 參考答案

馬上試試看

1. Can I go to the library with John?

2. No, you can't go to the library with John.

3. Why can't I go to the library?

4. Because you haven't / have not cleaned the living room.

5. Before you go to the library, you must clean the living room.

6. May I ask you a question?

7. Yes, you may.

8. Do you like my new radio?

9. Yes, I like it very much.

10. If you allow me to go to the library with John now, I can lend you the new radio.

11. If you can go home by six o'clock, I can accept your request.

與現在事實相反的假設語氣

If I had a computer, I would be very happy.

如果我有一部電腦，我會非常開心。

英文和中文，哪裡不一樣？

　　前面曾學過 if（如果）的用法，如「If 你想要…，你 have to…」的語句。現在要介紹假設語氣，也是用到 if 的概念。假設語氣在本課就是與「現在的事實相反」，因此句子裡的動詞和助動詞會習慣用過去式來表示，以和「表示事實」的假設句做出區分。

 必學 重點　假設語氣：必須使用動詞和助動詞的過去式來表示「假設」

重點分析

　　「假設語氣」必須使用動詞／助動詞的過去式來表達假設語氣。但要注意的是，在假設語氣裡，be 動詞不論是第幾人稱，都只能用 were，不能使用 was。下面是幾個常用助動詞的現在式和過去式寫法。

助動詞	可以／能夠	可以／能夠	將要	將要／應該要
現在式	can	may	will	shall （限定I／we 使用）
過去式	could	might	would	should （不限定人稱）

注意 1

當句子的時態是未來簡單式時，在語法上，第一人稱「I」和「we」都必須使用「shall」來表示「將要…」；但在習慣上，第一、第二、第三人稱都可以用「will」來表示「將要…」。

例句分析 1

如果我有一部電腦，我會很快樂。

中文：如果我有一台電腦，我將會很快樂。

英文：如果＋我＋擁有（過去式）＋一台電腦＋，＋我＋將會（過去式）
＋是＋非常＋快樂的
＝If I had a computer, I would be very happy.（○）

常見錯誤

If I had a computer, I will be very happy.（✕）

「假設語氣」必須使用「過去式」的助動詞 would 來表示「假設」。

例句分析 2

如果你是一隻蝴蝶，你就可以飛翔了。

中文：如果你是一隻蝴蝶，你就可以飛翔了。

英文：如果＋你＋were＋一隻蝴蝶＋，＋你＋可以（過去式）＋飛翔
＝If you were a butterfly, you could fly.（○）

常見錯誤

If you are a butterfly, you could fly.（X）
「假設語氣」必須使用「過去式」的 were 來表示「假設」。

注意 2

在語意上，「shall」比較接近「應該要」的意思；而「will」是「將要」的意思，因此兩者是有差異的。「shall」的過去式＝should，並「無限制」給第幾人稱使用，因此寫成「I should / He should / You should」都是可以的。

例句分析 3

如果你生病了，你應該告訴你的老師。

中文：如果你生病了，你應該告訴你的老師。
英文：如果＋你＋were＋生病的＋，＋你＋應該要（過去式）＋告訴＋
　　　你的老師
　　　＝If you were sick, you should tell your teacher.（O）

常見錯誤

If you were sick, you shall tell your teacher.（X）
「假設語氣」必須使用「過去式」的 should 來表示「假設」。

注意 3

buy 是動詞，意思是「買東西」。
「買東西給某人」有兩種寫法：

① buy＋某人＋東西
② buy＋東西＋for＋某人

如果我是富有的，我會買給我媽媽一棟房子。

中文：如果我是富有的，我就會買給我媽媽一棟房子。

寫法 1

英文：如果＋我＋were＋富有的＋，我＋將會（過去式）＋買
給＋我媽媽＋一棟房子
=If I were rich, I would buy my mother a house.（O）

寫法 2

英文：如果＋我＋were＋富有的＋，我＋將會（過去式）＋買＋一棟房
子＋for＋我媽媽
=If I were rich, I would buy a house for my mother.
（O）

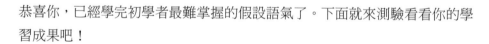

馬上試試看 ▶▶▶

恭喜你，已經學完初學者最難掌握的假設語氣了。下面就來測驗看看你的學習成果吧！

1. 為什麼你很難過？
_____

2. 因為我的生日禮物不是一輛自行車。
_____

3. 如果我的生日禮物是一輛自行車，我將會非常開心。
_____

4. 如果我有許多錢，我應該會買一輛自行車。
_____

5. 如果我是你爸爸，我應該會買一輛自行車給你。
_____

6. 你看見我的狗了嗎？
_____

7. 不，我沒有。

_____

8. 為什麼你正在找牠？（look for 的現在進行式＝looking for）

_____

9. 因為牠生病了。

_____

10. 如果我看見牠，我會告訴你。（see 的過去式＝saw）

_____

 參考答案

馬上試試看

1. Why are you very sad?

2. Because my birthday gift is not a bicycle.

3. If my birthday gift were a bicycle, I would be very happy.

4. If I had much money, I should buy a bicycle.

5. If I were your father, I should buy you a bicycle.

　　　　　　　　　　(I should buy a bicycle for you.)

6. Did you see my dog?

7. No, I didn't.

8. Why are you looking fot it?

9. Because it is sick.

10. If I saw it, I would tell you.

被動語態

This computer is made in America.
這部電腦是在美國製造的。

英文和中文,哪裡不一樣?

　　中英文都有主動和被動的說法,如「我買那輛車」,就是我「主動」做出「買車的動作」;至於「那輛車被我買下」,即「那輛車」是「被動」地讓我給買下。雖然這兩句的語意是相同的,但在寫法上卻有「前後交換」的感覺。所以這一課,讓我們來瞭解英文裡的「被動語態」的用法吧!

 被動語態=be 動詞(am / are / is…)+過去分詞

重點分析

　　之前學過的假設語氣(與現在事實相反)必須使用動詞/助動詞的過去式來表示,而這一課所學的被動語態卻要使用「be 動詞+過去分詞」來表示。雖然很多動詞的過去式和過去分詞寫法一樣,但仍有一些動詞的過去式和過去分詞寫法不同,這點要特別注意!

注意

被動語態後面通常會有「地點」或「人」來表示「在什麼地方被完成」或是「被什麼人完成」。當被動語態動詞後面要有「人」時，通常會用「by」這個介系詞，寫成「by＋某人（受格）」表示「被…（某人）完成」的意思。「by」的用法，之前學過可以作「時間介系詞」，是指「到某時間點為止／之前」的意思，現在又有「被…（某人）完成」的意思。

例句分析 1

這部電腦是中國製造的。（make 的過去分詞＝made）

中文：這部電腦是（被）中國製造。
英文：這部電腦＋是＋被製造（過去分詞）＋在中國
　　　＝This computer is made in China.（○）

常見錯誤

This computer makes in China.（✕）
電腦本身不會自己製造，必須使用被動語態。

例句分析 2

這個蛋糕是我媽媽做的。（這裡的「做」＝make）

中文：這蛋糕是我媽媽做的。
英文：這蛋糕＋是＋被做＋by＋我媽媽
　　　＝This cake is made by my mother.（○）

This cake makes by my mother.（X）

蛋糕是「被做」，必須用被動語態＝is＋made；「被某人做」的「被」要用 by 表示。

例句分析 3

上星期我們讓他教數學。（teach 的過去分詞＝taught）

中文：上星期我們讓他教數學。

英文：我們＋是＋被教（過去分詞）＋數學＋by＋他＋上星期

＝We were taught math by him last week.（○）

常見錯誤

We are taught math by he last week.（X）

「上星期」是「過去時間」，所以要用 were，不能用 are。「被某人完成」＝「by＋某人（受格）」，所以要用 him。

例句分析 4

我的書已經被偷了。（steal 的過去分詞＝stolen）

中文：我的書已經被偷了。

英文：我的書＋已經＋是＋被偷（過去分詞）的

＝My book has been stolen.（○）

常見錯誤

My book has is steal.（X）

「現在完成式」＝「have / has＋過去分詞」，所以這裡的 been 是 is 的「過去分詞」。「已經被偷」＝「has been stolen」，要用「過去分詞」stolen，不能用 steal。

例句分析 5

你會被我的老師處罰。（punish 的過去分詞＝punished）

中文：你將會被我的老師處罰。

英文：你＋將會＋是＋被處罰（過去分詞）＋by＋我的老師

＝You will be punished by my teacher.（○）

常見錯誤

You will are punish by my teacher.（✕）

未來簡單式＝「will＋原形動詞」，所以這裡的 be 是 are 的「原形動詞」。「將被處罰」＝「will be punished」，要用「過去分詞」punished，不能用 punish。

馬上試試看

下面的題目為被動語態搭配未來簡單式、現在完成式等，全部一起複習，相信你已經運用自如了。

1. 這部電腦是你的生日禮物嗎？

_____

2. 是的，它是我的生日禮物。

_____

3. 它是韓國（Korea）製造的嗎？

_____

4. 不，它是中國製造的。

_____

5. 你的電腦在哪裡？

_____

6. 我的電腦被偷了（is stolen）。

_____

7. 你的電腦何時被偷了？

_____

8. 今天早上我的電腦已經在圖書館被偷了。

_____

9. 如果我是你，我會告訴我們的老師。

_____

10. 我已經告訴我們的老師了。（**tell** 的過去分詞＝told）

_____

11. 我會被我爸爸處罰，因為那電腦是他的生日禮物。

_____

12. 如果我是你爸爸，我應該會原諒（**forgive**）你。

_____

 參考答案

馬上試試看

1. Is this computer your birthday gift?

2. Yes, it is my birthday gift.

3. Is it made in Korea?

4. No, it is made in China.

5. Where is your computer?

6. My computer is stolen.

7. When is your computer stolen?

8. My computer had been stolen in the library this morning.

9. If I were you, I would tell our teacher about it.

10. I have told our teacher about it.

11. I will be punished by my father because that computer is his birthday gift.

12. If I were your father, I should forgive you.

Lesson 58

關係代名詞的用法

He is the teacher who taught me English before.

他就是以前教我英文的那個老師。

英文和中文，哪裡不一樣？

　　從第 3 課開始，我們就已經學過形容詞的用法，如「他是一位胖的男孩。」，句中「胖的」放在「男孩」的前面，用來形容「男孩」的外觀。當用更多的說明來描述對方時，就會發現用一、兩個形容詞不夠說明，這時就得使用另一種描述的方式，也就是透過關係代名詞來幫助我們補充說明，解決單一形容詞無法完整描述的問題。

關係代名詞：who / which / that
功能：兼具「代名詞」與「連接詞」的功能

who 和 which 都可以當疑問詞,用來引導疑問句,但其實 who 和 which 也可以用來代表「要說明／修飾的人事物」,而這種用法是在名詞後面,透過 who / which 延續句子來補充描述。例如,我們可以把「他就是教我英文的那個老師。」分解成「他就是那個老師」+「那個老師教我英文」。為了要把兩句合成一句,使用「who」來代表「老師」,並延伸描述什麼樣的老師,因此 who 又被稱為關係代名詞。

例句分析 1

他就是以前教我英文的那個老師。

中文:他就是以前教我英文的那個老師。

英文:他就是那個老師+那個老師以前教我英文

= 他就是那個老師+who 教我英文+以前

=He is the teacher who taught me English before.
(○)

=He is the teacher that taught me English before.
(○)

常見錯誤

He is the teacher taught me English before.(✗)

少了「關係代名詞」who 或 that,就無法「延續描述」teacher,並連接兩個句子,也會讓句子變成同時存在兩個動詞。

注意 1

關係代名詞用來代表「人」時,必須使用「who」,而用來代表「事物」時,則要使用「which」。不過還有更簡便的方式,就是使用「that」來代表「人、事、物」!

例句分析 2

牠是昨天咬我的那隻狗。（bite 的過去式＝bit）

中文：牠是昨天咬我的那隻狗。

英文：牠是那隻狗＋那隻狗昨天咬我

＝牠是那隻狗＋which＋咬我＋昨天

＝It is the dog which bit me yesterday.（○）

＝It is the dog that bit me yesterday.（○）

（which 代替「那隻狗」，並當作兩句的連接詞。）

常見錯誤

It was the dog which bit me yesterday.（✗）

前一段敘述是指「現在在說」的這隻狗，所以要用現在式 is；後一段敘述是「昨天發生」的事情，所以要用過去式 bit。

注意 2

我們雖然知道關係代名詞兼具代名詞和連接詞的用法，但要特別注意以下兩種狀況。

① 如果關係代名詞要代替的是「承受動作」的「人」，我們就得使用「受格」＝whom。另外，「that」可以通用在「主格／受格」的狀況，所以「that」也可以用來代替受格的 whom。

② 如果關係代名詞必須表達「…的」（所有格）的意思時，我們就得使用＝whose。

讓我們透過以下幾個例句來比較

■關係代詞的主格用法

例句分析 3

她是想要認識你的那個女孩。

中文：她是想要認識你的那個女孩。

英文：她是那個女孩＋那個女孩想要認識你

　　　＝她是那個女孩＋who＋想要認識你（who 用來代替「那個女孩」）

　　　＝This is the girl who wants to know you.（○）

　　　＝This is the girl that wants to know you.（○）

（這句用「關係代名詞」的「主格」who 或是用 that 來代替「the girl」。）

■關係代名詞的受格用法

例句分析 4

她是你想要認識的那個女孩。

中文：她是你想認識的那個女孩。

英文：她是那個女孩＋那個女孩你想要認識（她）

　　　＝她是那個女孩＋whom＋你想認識（她）（whom 代替「受格」的 her）

　　　＝This is the girl（whom）you want to know.（○）

　　　＝This is the girl（that）you want to know.（○）

（這句的關係代名詞要用「受格」，可以用「whom」或「that」，也可以省略）

常見錯誤

This is the girl who you want to know.（X）

這句的關係代名詞要用「受格」的 whom 或 that，代替承受「認識」動作的「her」，也可以直接省略。

注意 **3**

當關係代名詞要用「所有格」時,必須用「whose」來代替「your / my / his / her...」。要特別注意的是,that 只能代替主格和受格,並不具備所有格的含義。

■ 關係代名詞的所有格寫法

例句分析 5

他就是那位名叫比利的學生。

中文:他就是名字是比利的那位學生。

英文:他是那位學生+他的名字是比利

　　　=他是那位學生+whose+名字是比利(whose 代替「所有格」his)

　　　=He is the student whose name is Billy.(○)

(這句的關係代名詞要用所有格寫法,要用「whose」來代替「his」。)

常見錯誤

He is the student that name is Billy.(×)

that 只能代替主格和受格,不具備所有格的含義,所以要用「whose」,不能用「that」。

馬上試試看 〉〉〉

　　關係代名詞的概念很難理解,但做完下面的題目,如果你能夠分辨每一題之間的差別,你對這部分文法內容的瞭解就已經超過很多人了,再接再厲!

　　1. 這是誰的書呢?

_____

　　2. 這本書是我的(**mine**)。

_____

3. 它就是非常貴的那本書。

_____

4. 這本書很好嗎？

_____

5. 是的，它非常好。

_____

6. 我朋友應該（**should**）也喜歡這本書。

_____

7. 你的朋友是誰？

_____

8. 我的朋友就是教我英文的那個女孩。

_____

9. 她的名字是安妮（**Anne**）嗎？

_____

10. 是的，她就是名叫安妮的那個女孩。

_____

 參考答案

馬上試試看

1. Whose book is this?

2. This book is mine.

3. It is the book which / that is very expensive.

4. Is this book very good?

5. Yes, it is very good.

6. My friend should also like this book.

7. Who is your friend?

8. My friend is the girl who / that teaches me English.

9. Is her name Anne?

10. Yes, she is the girl whose name is Anne.

動名詞的用法

I like swimming.

我喜歡游泳。

英文和中文,哪裡不一樣?

中文可以說「我喜歡」,但英文一定要說「我喜歡 XX」,因為 like(喜歡)是及物動詞,後面一定要有受詞來承受 like 的動作。許多名詞像是 cat、pen、girl⋯,或代名詞 it、him、her⋯等,都可以當作 like 的受詞。而現在要介紹的動名詞,其實也是名詞的一種。以「I likes swimming.」這個例句來說,意思是指「我喜歡游泳這件事」,這也就是「I like it.」的概念。所以,swimming=游泳這件事=it 的概念,千萬不要以為動名詞 swimming 是動詞喔!它是真真實實的名詞,代表「游泳這件事」。

 動名詞可以理解成「動作化的名詞」或「動態的名詞」,跟現在分詞一樣,都是在動詞的尾巴加上 ing。

◎動名詞與現在分詞的異同

① 寫法相同

動名詞和現在分詞的寫法相同，都是在字尾加上 ing。例如，閱讀這件事＝reading、睡覺這件事＝sleeping、跑步這件事＝running。

② 語意不同

現在分詞：I am swimming.＝我＋是＋正在游泳的（屬於形容詞的用法）

動名詞：I like swimming.＝我＋喜歡＋游泳這件事（屬於名詞的用法）

所以，要判斷是動名詞還是現在分詞，要用「文法結構」和「語意」去理解，千萬不能死記硬背！

例句分析 1

我喜歡閱讀（reading）。（動名詞用法）

中文：我喜歡閱讀。

英文：我＋喜歡＋閱讀這件事

　　＝I like reading.（○）

常見錯誤

I like read.（X）

一個句子只能有一個動詞，所以要把第二個動詞 read 改成動名詞 reading（閱讀這件事），以符合「I like it.」的概念。

例句分析 2

我正在閱讀（reading）。（現在分詞用法）

中文：我正在閱讀。

英文：我＋是＋正在閱讀的

　　＝I am reading.（○）

常見錯誤

I am read.（X）

這句話的意思是「我正在閱讀。」所以必須使用現在分詞 reading，搭配 be 動詞 am 來構成「現在進行式動詞」，表示「正在閱讀」的行為，這裡的 reading 比較接近形容詞的用法哦！

馬上試試看① 》》》

在做以下題目時，體會動名詞和現在分詞的不同吧！

1. 我喜歡跑步。

_____

2. 我正在跑步。

_____

3. 她喜歡游泳。

_____

4. 她正在游泳。

_____

5. 他喜歡在教室睡覺。

_____

6. 他正在教室睡覺。

_____

7. 我叔叔喜歡釣魚（**fishing**）。

_____

8. 我叔叔正在釣魚。

_____

 動名詞強調「動作本身」，沒有限定在何時；不定詞比較傾向「未來／想要／必須／預計要做的事情」。

◎動名詞與不定詞的比較

● 不定詞

當一個句子必須有兩個動作才能完整表達語意時，就可以用「to」來幫忙形成不定詞，以解決一個句子不能同時存在兩個動詞的問題。例如，「我喜歡游泳」這句話，要解決一個句子同時存在「喜歡」和「游泳」兩個動作的情況，就必須在「游泳」的前面加上「to」，以形成不定詞的結構，所以英文要寫成「I like to swim.」

● 動名詞

當以動名詞的方式來表達「我喜歡游泳」時，英文的寫法為「我喜歡游泳這件事」＝I like swimming.

● 動名詞和不定詞兩者在句中的角色一樣

大家不難看出，「我喜歡游泳」＝「I like swimming.」＝「I like to swim.」兩者其實都是「I like it.」的概念！所以，從這裡理解到一個重要的觀念，那就是動名詞與不定詞一樣，除了解決一個句子同時存在兩個動作的問題，都可以在句中扮演主詞或受詞的角色。

例句分析 1

我喜歡滑雪（skiing）。（使用動名詞）

中文：我喜歡滑雪。

英文：我＋喜歡＋滑雪這件事

＝I like skiing.（○）

常見錯誤

I like ski.（X）

一個句子只能有一個動詞，所以要把第二個動詞 ski 改成動名詞 skiing（滑雪這件事），來符合「I like it.」的概念。

例句分析 2

我喜歡滑雪（用不定詞 to ski）。

中文：我喜歡滑雪。

英文：我＋喜歡＋to 滑雪

＝I like to ski.（○）

常見錯誤

I like ski.（X）

一個句子只能有一個動詞，所以要把第二個動詞 ski 改成不定詞 to ski（去滑雪），來符合「I like it.」的概念。

馬上試試看② ▷▷▷

在做以下題目時，體會動名詞和不定詞的不同。

1. 他喜歡跑步。（動名詞）

_____

2. 他喜歡跑步。（不定詞）

_____

3. 她喜歡做飯。（動名詞）

_____

4. 她喜歡做飯。（不定詞）

_____

5. 你父親喜歡抽菸。（動名詞）

_____

6. 你父親喜歡抽菸。（不定詞）

_____

● 動名詞和不定詞兩者語意稍有微不同

動名詞和不定詞兩者在「語意上」有稍微的不同。動名詞比較強調「事情本身」，沒有限定在何時。例如，swimming＝游泳這件事；不定詞比較傾向是「未來想要做的事情」，如 to swim＝去游泳這件事。一般來說，若不特別強調「時間」，兩者的語意是可以互通的，寫法也是可以互換的。

 前面提到動名詞和不定詞都可以當作代名詞 it 的概念，因此它們跟 it 一樣，都可以放在句首當作主詞。

例句分析 1

釣魚是我的嗜好（hobby）。

中文：釣魚是我的愛好。

英文：（去）釣魚這件事＋是＋我的愛好
　　　＝Fishing is my hobby.（○）（動名詞用法）
　　　＝To fish is my hobby.（○）（不定詞用法）
　　　＝It is my hobby. 的概念

常見錯誤

Fish is my hobby.（X）

只有名詞才可以當主詞，fish 可當名詞（魚類），也可當動詞（釣魚）；而使用動名詞 fishing（釣魚這件事），或不定詞 to fish（去釣魚這件事），顯然都比使用 fish（魚類）合理。

例句分析 2

做飯是有趣的。

中文：做飯是有趣的。
英文：（去）做飯這件事＋是＋有趣的
　　　＝Cooking is interesting.（○）（動名詞用法）
　　　＝To cook is interesting.（○）（不定詞用法）
　　　＝It is interesting. 的概念

常見錯誤

Cook is interesting.（X）
只有名詞才可以當主詞，cook 可當名詞（廚師），也可當動詞（烹飪／做飯），而用動名詞 cooking（做飯這件事），或不定詞 to cook（去做飯這件事），顯然都比用 cook（廚師）合理。

馬上試試看③ ▶▶▶

　　恭喜你，你已經來到最後一次「馬上試試看」了！相信你的文法已經進步很多了！不多說，將這次最後的練習好好做完吧！

1. 游泳是一項好的運動（**exercise**）。（動名詞）

_____

2. 游泳是一項好的運動（**to swim**）。（不定詞）

_____

3. 唱歌是愉快的（**fun**）。（動名詞）

_____

4. 唱歌是愉快的。（不定詞）

_____

5. 走路是無聊的（**boring**）。（動名詞）

_____

6. 走路是無聊的。（不定詞）

_____

7. 抽煙不是一個好的習慣（habit）。（動名詞）

_____

8. 抽煙不是一個好的習慣。（不定詞）

_____

 參考答案

馬上試試看①

1. I like running.
2. I am running.
3. She likes swimming.
4. She is swimming.
5. He likes sleeping in the classroom.
6. He is sleeping in the classroom.
7. My uncle likes fishing.
8. My uncle is fishing.

- -

馬上試試看②

1. He likes running.
2. He likes to run.
3. She likes cooking.
4. She likes to cook.
5. Your father likes smoking.
6. Your father likes to smoke.

馬上試試看③

1. Swimming is a good exercise.
2. To swim is a good exercise.
3. Singing is fun.
4. To sing is fun.
5. Walking is boring.
6. To walk is boring.
7. Smoking is not a good habit.
8. To smoke is not a good habit.

台灣廣廈 國際出版集團
Taiwan Mansion International Group

國家圖書館出版品預行編目（CIP）資料

一步步跟著學！自然懂的英文文法／邱律蒼 著;－－初版－－新北市：
國際學村, 2021.12
面；　公分
978-986-454-191-1（平裝）
1.英語.學習 2.文法

805.16
110017082

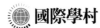 **國際學村**

一步步跟著學！自然懂的英文文法

作　　者／邱律蒼　　　　　　　編輯中心編輯長／伍峻宏
　　　　　　　　　　　　　　　編輯／許加慶
　　　　　　　　　　　　　　　封面設計／林珈仔‧**內頁排版**／菩薩蠻數位文化有限公司
　　　　　　　　　　　　　　　製版‧印刷‧裝訂／皇甫‧秉成

行企研發中心總監／陳冠蒨　　　媒體公關組／陳柔彣
　　　　　　　　　　　　　　　綜合業務組／何欣穎

發 行 人／江媛珍
法 律 顧 問／第一國際法律事務所 余淑杏律師‧北辰著作權事務所 蕭雄淋律師
出　　版／國際學村
發　　行／台灣廣廈有聲圖書有限公司
　　　　　　地址：新北市235中和區中山路二段359巷7號2樓
　　　　　　電話：（886）2-2225-5777‧傳真：（886）2-2225-8052

代理印務‧全球總經銷／知遠文化事業有限公司
　　　　　　地址：新北市222深坑區北深路三段155巷25號5樓
　　　　　　電話：（886）2-2664-8800‧傳真：（886）2-2664-8801
郵 政 劃 撥／劃撥帳號：18836722
　　　　　　劃撥戶名：知遠文化事業有限公司（※單次購書金額未達1000元，請另付70元郵資。）

■出版日期：2021年12月
ISBN：978-986-454-191-1　　　版權所有，未經同意不得重製、轉載、翻印。